단지 소설일 뿐이네

단지 소설일 뿐이네

구병모 중편소설

2024
문학실험실

호모 스키펜스*Homo Skipens*에게

—

　강풍이 다리를 어루만진다고 내가 쓸 때, 자네 같으면 다리라는 게 생물학적 다리인지 건축학적 다리인지를 먼저 헤아릴 텐가, 아니면 주어가 강풍인 만큼 어루만진다는 동사는 어느 쪽 다리에도 어감이 썩 어울리지 않는다며 이의를 제기할 텐가. 기실 강풍은 무언가를 애무하기보다는 대체로 찢고 할퀴고 부수는 법이지. 그러므로 지금 내가 처한 사태를 되도록 중립적으로 서술하자면 '강풍이 다리를 흔든다'고 함이 좋을걸세. 자네만이 아니라 나를 포함한 세상의 필부들이, 어느 게 더 좋은지를—소위 **걸리는 데 없이 매끄럽게** 읽힘으로써 입속에 남는 서어함을 최소화할 수 있는지를 알고 있네.

　나를 포함한,이라는 말은 이런저런 트집이나 저지레로부터 조금쯤 자유로워질 수 있는 마법의 관형절이라네. 작가가 아무리 거리를 두더라도 사람들은 허구의 인물과 그것을 만들어낸 작가를 동일시하며, 최소한 일치도가 높은 DNA를 묘사 속에서 추출하기 위해 추측을 서슴지 않아. 지금과 같은 문화 환경에서 사람이 자의식을 갖는다는 말은 문자 그대로 자기 자신과 자신을 둘러싼 사태를 인식하고 깨닫는다는 뜻으로 쓰이기보다는, 주로 스스로에게 심취하다 상식이 마비됐거나 결여되었다고 판정된 자를 손가락질할 때 동원되곤 하네. 자의식이 있다는 말이 자의식이 지나치다는 말과 섬세하게 구별되지 않거니와 심지어 후자의 경우로 전유되고 있다는 사실을 처음 느낀 게 언제일까. 서로의 계정을 들여다보고 타인의 시선으로 자신을 살찌우는 게 일종의 사회적 합의가 된 거나 다름없는 시대의 아이러니한 반작용이지. 자의식이 생명과 송장을 구획하는 요소이며 창작 행위 또한 자의식이란 게 없이 거의 불가능하리라는 걸 구매자들은 입으로는 이해하면서도, 가슴으로는 작가가 자의식을 갖는 것을 원치 않는다네. 구체적으로는 구매자들이 참아주고 소비해줄 만한 한도 내에서, 말하자면 소비에 방해가 되지 않을 만큼만 작가가 자의식을 갖기를 바라는 걸 텐데 그 역치

가 저마다 다르기에, 자의식이 빈번히 '과잉' '덩어리'
라는 말과 짝패를 이루어 호명되는 한, 최종적으론 자
의식을 갖지 않았거나 가졌다 한들 그것이 두드러지지
않는 작가의 글을, 자기도 모르게 선호하곤 하네. 그래
야 안심할 수 있으니까. 타인의 사고를 들여다보는 일
은 기본적으로 은밀한 쾌감을 닮은 고통과 불쾌를 수반
하는 법이지 않나. 어디까지가 선해이고 어디부터가 곡
해인지 가늠하는 마음과 신경의 수고가 덜 든다면, 불
쾌가 고인 늪에 자신의 구두를 적시지 않을 수 있겠지.
또한 무엇보다도… 나와 같은 눈높이에, 동시대에 그가
기거하는 것 같으니까. 이 시절에 작가/감독/가수가 독
자/관객과 동일한 사고 선상線上에 존재하지 않는 일은,
설령 그것을 의도하지 않았다 한들 고객에 대한 경멸의
제스처로 오독될 수 있네. 아티스트의 자의식이 선명하
게 드러나는 것만으로 자아가 비대하다고 일컬어지며,
비대란 어느 때고 긍정적인 뜻으로 쓰이지 않아서, 너의
자의식이 나의 존엄을 가로채는 글겅이라도 된다는 듯
이, 자의식의 근간이 되는 자아에 어떤 방향으로든 칼을
대어 군살을 깎아내고 겨울 한철 입다 던질 저렴한 패
딩 조끼처럼 존재를 경량화해주고자 하는 대중의 결연

한 의지와 마주하게 되지. 그러니 어디까지나 겸손하게 자신을 낮추고, 누구에게도 무엇에도 환멸 내지 않는 것처럼 보이는 게 유리하네. 작금의 사회 문화 예술 어느 분야를 막론하고, 그것의 행위자가 지닌 자의식의 크기가 인성과 반비례한다고 여겨지는 현실을 인정하면 되네. 아이돌의 노래와 퍼포먼스를 구입할 적에, 그라운드나 코트 위를 누비며 득점하는 스포츠 스타의 플레이에 열광할 적에, 그들의 실력은 베이스고 인성은 필수 장착 옵션이라 하지 않던가. 저는 당신들과 생각이 다르고 저만의 길이 있으며 그 길이 이렇게 생겼으니 당신들이 내 길에 동행을 넘어서는 인솔의 형태로 참여하기를 바라지는 않는다 언명하는 순간, 그전까지의 미소와 발화는 포즈와 립서비스로 둔갑하여, 정의도 범주도 모호한 인성의 도마 위에서 철퇴를 맞는 걸 종종 본 적 있지 않나.

그러므로 글 속에 드러난 화자는 명시된 인칭과 무관하게, 특히 화자의 환경적·인간적 결함이 드러날수록 작가와 동일인으로 간주된다는 점을 고려하여—이 소설의 주인공은 당신의 모습을 몇 퍼센트나 반영하고 있나요? 이 인물들 가운데 누가 당신과 가장 닮았나요?—

앞선 문장에서는 자신도 특출한 데 없이 수많은 필부와 같음을 어필하는 안전장치가 필요하다네. 다시 맨 앞 문단으로 돌아가, 해당 문장에 '나를 포함한'이 없었다고 가정했을 때, 있는 힘껏 악의적인 독법을 적용한다면 어떻게 받아들여질지 상상해보게.

　몇 가지의 의기소침과 작위에도 불구하고 내게 있어서 글쓰기는, 혀끝에서 미끄러져 낱낱의 자모음으로 분산되어버린 눌언들을 불가해라는 이름의 교박한 대지에 파종하는 일이자, 살 아래 근육과 뼈를 지나 내장에서 터져오르는 문장들 하나하나에 자리를 부여하는 일일세. 나는 또한 여기서 문장이 솟아오른다거나 불타오른다 하지 않고 터져오른다 하네. 지금이야 그저 바로 앞 어절에 내장이 있었기에, 내장이라 하면 곧 터지는 게 일이지 혹은 터져야 어울리지, 따위의 직관적인 연상과 선택에 따랐을 뿐이네만, 혹여 문장이 터져오르든 솟아오르든 불타오르든 한 내용에서 다음 내용으로 **넘어가는** 일 자체에는 아무런 영향을 미치지 않으니 상관없다고 생각하는 사람이라면, 자네는 그를 가리켜 작가라고 부를 텐가. 혹은 그가 만들어낸 것을 두고 작품이라 일컬을 텐가.

그런데 작품이란 무엇인가. 남발되는 말의 의미를 찾으려고 사전을 펼칠 필요를 느껴본 적 없겠지만 작품이라 하면 왠지 모르게 나나 자네나 masterpiece부터 자연스레 떠올리곤 하지 않나. 기자가 "이번 **작품**을 통해 당신이 말하고자 하는 바는 무엇인가요?"를 물을 때—그 질문 자체가 내포한 권태에 대해서는 언제 또 언급할 기회가 있을 걸세—그 말을 쉬이 사용하고 싶지 않기에 "이번 **책**은" 또는 "이번 **소설**에서"라고 나는 받아넘기면서, 한편으론 친애하는 동료가 무심코 "저의 이번 작품은요…"라고 대답하는 모습을 볼 때는 '자기가 만든 것을 망설임 없이 작품이라고 이르다니' 같은 희떠운 생각마저 든다네. 그것은 아마도 구시대의 유산, 자기 것을 겸손하게 이르려면 졸고나 졸저라고 함이 바람직하다는, 구세대의 조언이 내게 남아서 빠져나가지 않았다는 뜻이겠지.

그런데 막상 우리의 사전에서 명시하는 작품의 맨 처음 뜻은, 그냥 누군가가 만든 **물건**이라네. 누구나 아무거든 두드려 깨서 뭐라도 빚어냈으면 그 물건의 꼴이 어떻든, 그것의 제작자가 광기와 타나토스의 한복판에 자신을 어떤 방식으로 내던졌든, 심지어 작의 여부조차 무관하게 그것이 작품이라 하네.

　아무려나 지금 문제는, 강풍이 다리를 어루만지고 있네.

—

　　단서군 초입면과 종지도를 잇는 도보 중심의 연륙교에 이터널 브리지라는 거창한 이름이 붙은 까닭은, 소수의 섬 생활자들에게 편의를 제공하는 목적 못지않게 대외적으로는 관광 상품 이미지를 풍기기 위해서일세. 인구 소멸 지역이나 다름없는 곳에 관광 상품이라고 해야 할까, 명소라고 부르기가 민망하지 않을 만큼의 세금이 투입된 규모 있는 곳이 이 다리뿐이라네. 착공 당시에는 무진장다리라는 이름이 임시로 붙어 있었네만, 적지 않은 사람들이 무주-진안-장수군 셋 중 어딘가에 설치된 다리로 착각할 우려가 있다는 주장도 나왔을 법하고, 무진장이라 한대서 요즘 어디 불교적인 의미로 다함 없이 광대한 부처님의 공덕을 떠올리겠나. 무진장 많다든지 무진장 화난다든지 하면서 '엄청나게' '너무' '무지막

지하게' 정도로 알겠지. 하여 완공 때 지금의 이름으로 바뀌었네. 이름을 그래놓아야 사람들이 오며 가며 들를 만한 곳으로 부상한다는 판단이었을까. 내비게이션에 다 입력하지 못할 정도로 외국식 이름이 길어지는 거대 단지 아파트 브랜드들을 떠올려보면 감이 올 것도 같은 데. 그 뭐, 의도도 의미도 모르겠네만 노블레스오블리주 글로리플래티넘아뜰리에 어쩌고 하는, 좋아 보이는 건 뭐든 때려 넣어서 순식간에 좋음을 지워버리는 이름 말 일세.

　한 편의 소설 제목으로는 어떤 게 어울리겠나. 각각 『무진장다리』혹은 『이터널 브리지』라는 글자가 얹힌 책 표지를 떠올려보게나. 그것이 서점 평대에 올라와 있을 때 어느 쪽에 손이 가겠는지. 실은 어느 쪽이든 간에 월 이백 안팎의 매대 자릿세를 지불해가면서 선뜻 올리기엔 제목이 그럴듯하지 않네만. 일단 『영원의 다리』는 후보에서 탈락일세. 반세기 전쯤, 그러니까 주로 흑백 종이 신문에 5단 위치와 사이즈로 신간 광고라는 것을 싣던 시절에 유행했을 법한 감성 연애소설 느낌 아닌가, 등장인물 가운데 한 사람은 시한부 판정을 받았을 것 같은. 『무한 가교』라고 하면 공학 지식이 가미된 추리소설인가 싶고, 『무진장다리』는 그 의미를 아는 사람에게는 그야말로 구도求道 소설의 분위기를 낼 것 같군. 그러나 『이터널 브리지』라고 해서 딱히 연애소설 이외의 무엇이라는 느낌도 들지 않고 단어 각각이 신선한 편도 아니니 애매하네. 그것이 이 소설의 제목을 『이터널 브리지』로 짓지 않은 이유 가운데 하나라네.

그나저나 구시대의 연애소설처럼 보여서 이것과는 맞지 않겠다고 한다면, 내가 쓰는 이 소설의 장르는 일단 뭐라고 부를 수 있을까?

나는 내 소설이 그 무엇으로도 불리지 않기를, 무어라고 명쾌하게 태그를 달아 규명하거나 호명하기가 저어되는 이름이기를 바라네. (명쾌하게 규명한다는 말에는 밝힌다는 의미의 한자가 두 번이나 들어간다네. 겹말은 단어와 문장의 낭비라 하나 나는 이와 같은 낭비를 사랑하며, 다소 낭비를 해서라도 모든 환함을 거부한다고 강조하겠네.) 한편으로 내 소설이란 거듭된 망실을 통해 마침내 도래하는 말들이 맞닿아 일으키는 순간적인 마찰에 불과하기를, 결락을 통해서만 이어지는 장면들의 도열에 다름 아니기를 바라네.

그 일에 비록 지금껏 한 번도 성공한 바 없으나.

성공할 꿈을 꾼다는 것부터가 필패를 향한 낙하를 서슴지 않는 일이나.

그런데 장르란 대체 무어고, 성공은 또 뭐란 말인가. 성공이라는 말의 기준이 화제성과 인지도가 가져오는 부와 명예 쪽으로 치우친 현실 이전에 그 말의 광도光度 자체가 하락한 지 오래니 제쳐두고, 어떤 이들은 여전히 나에게서 장르가 무엇인지 혹은 어떤 것인지에 대한 열쇠를 구하려고 하네… 이런 낡은 은유라니, 기왕 낡았을 바에는 그저 정답지라고 해두세나, 정답지를 찾으려고 하네. 열쇠라니 이토록 시대착오적일 데가. 자네 자동차든 현관이든, 세상 대부분의 것이 전자 신호와 생체 신호의 연결 아니면 불특정 숫자의 조합으로 개방되는 마당에, 마지막으로 열쇠라는 실재의 사물을 손에 쥐고 그것을 자물쇠 구멍에 꽂아 비틀어본 적이 언제인가? 잘 꽂히지 않는 열쇠 하나하나에 시행착오의 기회를 주고, 마침내 꾸러미 가운데 맞는 열쇠를 찾아내어 부드럽게 돌아가는 촉감을 느껴본 게 언제였나? 열쇠라니 터무니없는 소리였네.

하긴 자네도 나를 두 번째 만났을 즈음이었던가, 그런 얘기로 말문을 열었다는 사실을 나는 아직 기억하네.

—훈련을 통해 장르적인 상상력을 가질 수 있습니까?

그래서 내가 뭐라고 반문했더라.

—그러니까… 그게, 어떤 상상력을, 말씀하시나요?

기대와 조바심으로 직조된 자네의 눈동자 앞에서, 실은 어떤 비전秘傳도 비의秘儀도 없음을 누설하고 만 사람에게, 이때까지 일감도 주고 지지도 보내주어 고맙네. 그건 어차피 기망欺罔이 되고 말 어설픈 기망期望을 유지하느니 온전한 실망이 낫다는 진실에 동의해서가 아니라, 필시 자네의 선량함과 배려 때문일 테지.

그러고 보니 그날 자네가 이웃 팀에서 발간된 신간이라며 들고 와서 내게 선물한 앤솔러지 에세이 기억하는가. 그거 앞 내용은 거의 기억나지 않고 그나마 2부부터는 안 읽었는데 그 이유는 1부 마지막 챕터의 마무리 요지에 동의하지 않아서였네. 명망 높고 환경적·심리적으로 어느 정도 안정된 원로 저자의 글이라는 점을 감안하고 보더라도 말일세. 절망에 경도되지 말 것, 냉소하지 말 것. 냉소야말로 가장 손쉬운 편법의 포즈라며, 냉소주의자들은 부끄러운 줄 알아야 한다고 그랬던가, 혹은 냉소주의를 할 거면 문학을 참칭하지 말라고 했던가. 필사의 도약이나 강한 악력과는 인연이 없는 말처럼 들리는 냉소가, 여러 가지로 쉬워 보이긴 하겠지. 피 흘리며 자갈밭을 구를 각오를 버리고, 공허와 허무를 구실 삼아 자신의 취약함을 합리화하는 것으로 보이겠지. 그런데 그게 사실이라 치고, 쉬운 거 좀 하면 안 되나? 냉소를 경계해야 한다고 확언하는 자를 경계해야 한다고 나는 말하겠네.

　이터널 브리지는 길이 150미터, 폭 8미터, 총 중량 1,300톤에 이르는 트러스교로, 사람이 양 방향으로 통과할 수 있도록 보행자 도로를 냈지만 중앙 분리선은 구분되어 있지 않으며, 그 옆으로 긴급용 차선은 한 개 있는데 평소에는 차단 바로 막아놓아서 차량 진입은 불가능하다네. 섬 안에 생명이 위독한 환자가 생겼다거나 불이 났더라도, 악천후가 아니면 헬기 출동이 더 빠르지. 그렇다면 이 차선은 어느 때 쓰이는가. 유료 입장한 관광객 가운데 누군가가 다리 한복판에서 갑자기 쓰러지거나 다쳤는데 초를 다투는 상황이 아닐 때. 어쨌든 이런 지역의 명소에는 연로하신 부모를 자식들이 모시고 방문하는 게 보통이지. 아무 때나 차선을 열어두었다간 그야말로 아무나 오토바이와 차를 밀고 들어올 테니

다리의 노후 보수 유지에 어려움이 따른다는 이유라네.

초입면뿐 아니라 단서군 내 주민들과 종지도의 주민들은, 운영 시간 내에 입장권 발매소에 신분증만 제시하면 무료로 이 다리를 통과할 수 있네. 산책자들, 간단하게 장을 보는 사람들. 육지의 초등학교로 등교하는 어린이들은 항상 등본을 갖고 다녀야 하지. 이때 휠체어는 보행자와 같은 통로를 이용하지만, 자전거는 차가 맞느냐 아니냐로 시비 붙는 일이 간혹 있다 하네. 중앙의 감독 주시에서 멀어질수록 인구가 적은 지역사회가 그런 경향이 있더군. 우리가 남이냐 네가 나를 모르냐 내가 누구냐 내가 낸데, 같은 인식이 굳건히 버티는 형편이기에, 뻔히 트럭이나 세단을 몰고 와서는 우리 어머니 병원 정기검진일인데 바빠서 그러니 이번 한 번만 눈감아달라며 읍소하다가 종내는 누구 세금으로 지은 다리인데! 라며 뻗대는 일들도 왕왕 있다 하네.

나는 이 지역 주민이 아니니 입장료를 지불하고 다리로 진입했네. 입장료는 저렴하여 이 푼돈을 언제 다 모아서 다리 관리 비용을 충당할까, 세금 지원 예산은 넉넉하려나 같은 걱정도 들었지. 그저 강철로 튼튼하게만 엮은 구조물이 아니라 부족한 대로 비주얼에도 신경 쓴 흔적이 있더군. 저 건너편에 도달하기까지 세 번에 걸쳐 바닥의 강화 유리판이 나오는데, 두 번은 아래 펼쳐진 바다를 내려다보게 함으로써 아슬아슬하면서도 오금이 저리는 느낌을 주는 용도이며, 중앙 제일 넓은 판은 밟는 자리마다 물에 띄워놓은 듯한 꽃 이미지가 따라다니는 디스플레이가 설치되어 있지. 그러자면 전기 설비도 들어갔을 테고. 어린이들이 그 위에서 팔짝팔짝 뛰어다니는 걸 보고 나는 눈으로는 미소를 건네면서도 소스라쳐서, 세상에 안전한 곳이란 자기 마음속뿐이며 실은 그조차도 아닐 수 있다는 진실을 아이들에게 다가가 알려주고 싶은 충동에 사로잡힌다네. 지금껏 자신을 둘러싼 세계가 얼마나 견고하고 다정했기에, 언제든 깨져버리고야 말 연약한 기반, 지금 발 딛고 선 자리가 부식되리라는 의심도 없이, 하강과 죽음에 대한 일말의 예감도 없이, 천진한 표정으로 두 발을 구를 수 있단 말인가. 추락한 몸이 포말에 닿아 부서지는 상상을 하지 않고도 살 수 있는 삶의 시기란 언제까지인가. 그것이 나는 궁금하다네.

새삼 바다 풍광을 누리자고 이토록 고적한 데 왔겠나. 그렇다고 이 나이에 엊그제 있던 유명 인플루언서의 폭언에 상심하여 회복 여행을 온 것도 아닐세. 물론 현존하는 모든 책의 분야별로 각각 존재하리라 예상되는 한 줌씩의 독자들 전체를 합친 것보다 인플루언서가 '공구'하는 패션 아이템이나 아이디어 굿즈 혹은 건강 기능 식품을 따르는 신도들의 규모가 당연히 더 크기에 그의 말은 파워를 지니고, 따라서 자네 팀의 매출에는 물론 자네한테도 누를 끼쳤을 것이 염려되긴 하네만, 그런 실용 차원의 우려 외에 그 말들이 세운 칼끝이 내 심장까지 닿지는 않는다네. 그러기엔 과거 이미 여러 번 칼날이 담기고 그 자리를 땜질하기를 반복하는 바람에, 내 피부는 석 달 열흘을 타닌에 담근 베지터블 가죽이나 되는 것처럼 단단해졌으니 말일세. 그런데 지금 말하는 단단함은 튼튼하고 흔들림 없고 야무지고… 그런 긍정적이면서 내실 있는 어감과는 거리가 멀기에, 여기서는 무두질한 가죽을 들먹임이 부적절하다는 것 또한 자네는 느껴야 하네. 내가 언젠가 그랬지, 뜻을 안다고 하여 뜻을 믿지 말고 의미 구분은 섬세하게, 언어유희를 목적으로 했을 때라도 가능한 한 의미의 레이어를 선명하게. 이 단단함이란 스스로를 구제하고 보호하기 위해 선불리, 이를테면 수습에 급급하여 이루어진 경화증에 가까운 것이네. 세상 무슨 비수로도 손쉽게 찢을 수도 가를 수도 없을 만큼 굳어진 대신, 불시에 인생 위로 끼얹어질지 모를 어떤 에센스도 유효 성분도 흡수하지 못하게 된 죽은 살 혹은 죽은 삶 말일세. 그러니 이제 와 내 심장에 와 닿거나 꽂힐 게 무엇이겠는가.

인플루언서가 개인 라이브 방송에서 이렇게 말했던가. 실제로는 앤디 워홀이 그런 말을 한 적 없다곤 하는데, 그 같은 방식으로 돌아다니는 이야기를 두고 누가 처음 말했느냐 혹은 아무도 말하지 않았느냐를 명명백백하게 검증하기란 불가능에 가깝겠지. "이 사람은 최근작으로 올수록 앤디 워홀의 이 명언과 너무나 잘 어울린다. '일단 유명해져라, 그러면 네가 똥을 싸도 사람들은 박수를 보낼 것이다…' 공감과 위로는 실종된 지 오래, 자기가 싼 똥에 좋다고 퍼질러 앉아 소통을 거부하는 꼴이다." 말의 내용은 차치하고 그 출처 모를 명언 말일세, 일단 유명해지라는 게 먼저였나, 아니면 일단 똥부터 싸라고 했던가. 광장에서 똥을 싸면 유명해지기는 마찬가지니 순서는 별 상관없는가.

여러 가지 상품을 공구하는 슈퍼 인플루언서가 채팅창에 순간 폭발하는 '도네'를 노리고 일부러 자극적인 말을 고른 것보다는, 오히려 대가를 바라지 않고 출판사들의 도서 제공 관련 접촉까지 염결히 사양하는 서평가 블로거들이 근엄하게 염려해주는 (듯싶은) 말들이 나를 시험에 들게 할 때가 많다네. 이를테면 이런 거지. "마녀는 너무 일찍 노쇠했고 지팡이는 꺾여버린 듯. 이제 놓을 때가 됐음." "뼛속까지 메이저 기질인 사람이 기를 쓰고 마이너를 자처하고자 하는 모습이 안쓰럽고 우려된다. 송충이는 솔잎을 먹을 때 제일 자연스러운 법." "최근작 무엇을 찍먹해보아도 예전 같은 맛이 도무지 없어. 제발 돌아와주세요.ㅜㅜㅜ" 그럴 때면 나는 예전 같은 맛이란 도대체 무엇인지, 그보다는 내가 왜 예전 같아야 하는지를 반문하게 되네. 그러니 이즈음의 내 소설이라는 것들은 모두 합성어와 파생어의 난무 혹은 윤무로 이루어진 기나긴 반문이며 답 없는 메아리의 나열이자, 종결부호를 찍지 못하고 무한히 덧붙이는 유언장 같은 것일세.

여행의 목적에 대해서는 걱정하지 않아도 좋고, 나는 이터널 브리지 한가운데에서 바다로 뛰어내릴 생각이 없으며, 그게 가능할 정도로 다리 난간이 낮지도 않네. 나는 오로지 다리를 건너고 싶었을 뿐이네.

어쩌면 나는 이쪽에서 저쪽으로 넘어가는 일 자체에
대해 다시 한번 찬찬히 톺아보기를, 혹은 이쪽과 저쪽
이, 시작과 끝이, 발단과 결말이, 프롤로그와 에필로그
가 구분되지 않는 삶을 목도하기를, 그리하여 책장을 빠
르게 넘기거나 성큼 건너뛰기가 불가능한 이야기를 꿈
꾸었던 것일지도 모르겠네.

―

　다리 위로 일단 한번 오른 관광객들은, 비록 다리의 디테일이 그닥 신통치 않더라도 그 위에서 일정 시간을 보내기 마련이네. 완보든 속보든 간에, 중간에 멈추어 한참 지체하면서 물살을 뜯어보듯이 바다를 감상하기까지는 아니더라도, 최소한 다리의 이쪽 끝에 발을 딛자마자 저쪽 끝까지 2배속으로 전력 질주하여 통과하려는 이는 보통 없네. 저렴하더라도 입장료를 지불했으니 그만큼 본전을 뽑아야 하지 않나. 그런데 저렴함이란 언제고 상대적이라, 나는 세금과 지역 시민의 편의와 공공 시설의 감가상각을 염두에 두고서 이 정도의 입장료로 간에 기별이 갈까 걱정할 정도지만, 조금만 걸어 나가도 아름답고 빼어난 것들로 가득한 대도시 중앙의 일상을 누리다가 나들이 겸하여 인구 소멸 지역을 잠깐 다녀가는 이들 가운데 일부는, **길이도 짧은데** 웅장하지도 화려하지도 않고 볼거리라곤 바다뿐인 다리에 매겨지는 가격치곤 비싸다 즉 **가성비가 떨어진다**는 입장을 좀체 거두지 않더군. 하긴 바다야 이쪽 내륙이나 저쪽 섬에서 바라다보면 그만, 다리 한가운데 서서 내려다보는 바다라고 뭐가 다를까, 그냥 소금물이겠지.

　다리를 건설하는 데에 들어간 총 재료비와 노동자들의 인건비 및 완공 후에도 필연적으로 발생하는 관리비를 고려하지 않고 길이와 스펙터클이라는 결과물만 놓고 본다면, 세상 모두가 수긍할 만한 입장료는 아닐 수 있겠네. 대부분의 사람들은 다리를 이룬 철근 하나하나가 어떤 과정을 거쳐 선택된 것인지 들여다보지 않으며, 그 다리를 건설하기까지 지난하게 이어진 지자체의 협력, 탁자 위에서의 논의, 철근을 잇는 노동자들의 보이지 않는 손 같은 건 포함시키고 싶어 하지 않으니까. 감자튀김을 먹으면서 그것을 키운 농민의 땀과 팜유 수입상의 유통 물류비, 패스트푸드점 내의 청결 관리 유지 가격은 염두에 두지 않는 것과 마찬가지로. 그런데 감자튀김 미디엄 사이즈 1인분의 가격은 얼마가 적당하다고 생각하나? 책 한 권의 가격은 어느 정도여야 납득 가능한가? 세상 모두를 평등하게 만족시키는 입장료-수수료-구매가란 오로지 무료일 것이네. 그건 또 좀 아닌가? 무료로 다리에 입장했다 한들, 그 다리가 별 볼일 없다고 판단하면 다리에 오르고 다리를 애써 통과한 나의 피 같은 시간을 물어내라고 하는 이들도 없지 않으니 말일세.

사람들은 다리 한복판에 서서 여러 가지 포즈를 취하며 사진을 찍지. 한 부부는 네 살쯤 된 듯한 아이를 강화유리판 앞에 세워두고 어서 그 가운데로 들어가보라 독려하네. 엄마랑 같이 들어가봐! 얼른! 다른 사람들도 기다리니까! 아빠가 앞에서 전화기를 들고 사진 찍을 순간을 노리지만 아이는 칭얼거리며 고개 젓다가 급기야 주저앉아 울고 마네. 엄마와 아빠는 웃음을 터뜨리며 사진은 포기하고 아이를 안아 일으키고, 강화 유리판 앞에서 차례를 기다리던 연인도 아기가 귀엽다며 웃음을 감추지 않네. 제 형제와 함께 그 옆을 지나가던 취학 연령쯤 되는 어린이는 들으란 듯이 이거 하나도 안 무서운데! 자랑스럽게 말하고.

나는 '기대지 마시오'라고 안내문이 적힌 난간을 한손으로 잡고 그쪽을 돌아보며 마음속으로 말하지. 아이

야, 지금으로선 그것이 너의 고요를 흔드는, 너의 신중
함과 저항감을 이해하지 못하는 세상에 대고 할 수 있
는 최선의 의사 표현 방식일 것이다. 언젠가 너는 알게
될 것이다. 모든 기도는 무응답 혹은 응답에 대한 왜곡
된 해석과 패착으로 완성되리라는 것을. 현실은 그것의
피막이 손상됐을 때 너에게서 흘러나오는 땀과 눈물과
피와 거친 호흡을 양수로 삼아 비로소 시작된다는 것을.
그날이 왔을 때의 배신감을 잊지 않고 언제나 의심하며,
확신 없이 살아가되, 그러나 그 확신 없음이야말로 신뢰
와 약속에 담긴 유일한 진실에 가까운 것임을, 너는 알
게 될 것이다. 네가 올라서기를 거부한 그 강화 유리판
이 아니더라도 세상의 어딘가에서 너는 네 발밑에 아무
것도 존재하지 않음을, 무언가 있더라도 거기에 두 발
붙일 수 없이 미끄러진다는 사실을, 그 미끄러짐과 일어
남과 결국 다시 미끄러짐의 반복 그리고 그 끝에 박살
나는 두개골이 삶의 전부임을, 인정할 것이다.

　그러나 사회인으로서의 나는 그런 사실을, 설령 더할
나위 없이 진실에 가깝더라도 어린이에게 있는 그대로
발설해서는 안 된다는 상식은 갖고 있다네. 때문에 양
육자 어른이 어린이의 손을 잡고 내 앞으로 다가와, 책

을 워낙 좋아하여 독서력도 또래보다 월등한 우리 애가 당신 책이 재밌다고 해서 저도 오늘부터 읽어보려 하는데 부디 논술 고사와 사고력 향상에 도움되는 책이었으면 좋겠다고 말을 건네며 사인을 받을 책 면지를 펼칠 때면, 나는 이루 말할 수 없는 외착外錯감에 사로잡혔다네. 19세 미만 구독 불가로 지정된 붉은 스티커의 책이 아닌 이상 어린이에게도 노출되는 건 당연한 일이었지만, 인간의 일이 파열과 불화와 와해로 이루어져 있음을 굳이 어린이에게까지 주입할 생각은 없었으니, 적잖은 이들이 행간마다 인장처럼 찍힌 염세를 못 보았거나 못 본 체하고 지나쳤을 걸세. 그것을 드러내는 데에 '나는 세상이 싫다! 이대로 다 없어졌으면!' 따위 근대 이식移植문학풍의 직접 서술이 아니라, 시냅스를 있는 대로 자극하는 언어와 사태의 요철마저 선명하게 만져지는 사건이 동원되곤 했으니까. 그 결과 상당히 많은 연소자가 환멸 자체에 집중하기보다는 재미있고 흥미롭다는 감상을 전해준 바 있는데(미쳤네, 찢었다, 대박, 개쩔어), 일이 그리된 건 내가 의도한 바는 아니었네. 그러므로 독서력이 뛰어나다는 그 어린이 역시, 두개골이 박살나는 삶에 대한 고뇌로 가슴이 신산했던 게 아니라, 혹

시 갑작스레 튀어나온 두개골이라는 말의 어감 자체에
의표를 찔리는 바람에 튀어나온 실소를 재미와 혼동했
을 가능성은 없을까?

　세 가족이 떠난 뒤, 자신의 순서를 기다리던 이들이
한둘씩 강화 유리판을 밟고 지나가기 시작하네. 그것이
무슨 고대로부터 전해져 내려오는 견고하고 엄숙한 의
식이라도 되는 듯, 순례자들의 발걸음으로 유리판에 올
라서서 발밑으로 펼쳐진 바다를 내려다보고 휘청거리
며, 어우 오금 저려, 나 못 서 있겠어. 그러나 그런 자리
는 오금이 저리라고 만든 곳이니 다들 그 느낌을 충실
히… 만끽하기에는 충분하지 않은 시간만큼을 머물다
가 인스타그램에 올릴 만한 사진을 서둘러 한두 장 찍
고 떠나네. 평범하게 생각하자면 차례를 기다리는 다른
사람들을 위해서겠지. 그러나 어떤 이들은 굳이 강화 유
리판에 가까이 가지 않고 지나가면서 말하네. 뭘 저런
걸 기다려서까지 봐, 여기서 보는 거나 똑같은데. 혹은
일행에게 이렇게도 말하네. 아, 가자, 좀! 본질적으로 이
다리가 **머무는** 곳이 아닌 **지나치는** 곳임을 일깨우는 음
성으로. 아무리 용의주도한 미장센으로 도배해보았자
다리란 **건너가라고** 있는 것이며, 사람을 비롯한 무언가

를 이쪽에서 저쪽으로 이동시키는 게 우선이라는 듯한 어조로. 자동 컨베이어벨트는 그 다리의 용도가 극대화된 형태의 장치라네.

예산과 물리법칙이 허락하는 한도 내에서, 가령 이 다리가 컨베이어벨트의 일종인 수평 무빙워크 형태로 이루어져 있었다면 어떨까. 그 위에 오르면 아무런 노력을 하지 않아도 반드시 저 건너편까지 우리를 실어 날라줄 테고, 그렇다면 팔다리의 움직임에 신경 쓰지 않고 한가로이 바다 풍경을 내다볼 수 있겠지. 창백한 하늘에 곡선을 긋는 갈매기의 날갯짓을 포착할 수 있겠지. 어쩌면 언제까지고 이 다리 위를 떠나지 않은 채, 마주 닿은 구름의 솔기를 터뜨리며 내려오는 빛살이 자신의 몸을 휘감는 것을 감각하고 싶다는 충동과 마주할지도.

그러나 실은 적지 않은 사람들이 그 규칙적인 리듬과 느린 속도를 견디지 못하고 무빙워크 위를 걸어가게 마련이네. 그렇다고 하여 아까 말했듯 전력질주는 아니라, 어디까지나 자기가 감당할 수 있는 빠르기로, 주마간산보다는 나은 속보로. 그렇게 걸어가면 유람을 즐기는 이들보다 분명 목적지에 먼저 닿기는 하겠네. 1.5배속이나 2배속으로 지나쳐 무빙워크에서 내려선 사람은, 일단 똑같은 건너편에 도착한 다음에는 1배속을 유지한 이들과 마찬가지로 바다 위를 떠가는 한 조각의 배가 있었음을 알 테고, 어떤 이는 심지어 그 짧은 순간 무심코 포착했을 뿐인 똑딱선의 배색이 네이비였나 와인이었나까지 기억할지 모르네.

그런데 배 안에는 어떤 사람들이 몇 명이나 타고 있었을까? 혹시 그 안에 곤경에 빠진 사람, 도움이 필요한 사람은 없었을까? 어쩌면 그 배는 선체에 구멍이 나서 구조를 요청하는 상황은 아닐까? 그런 것들은 보통 다리 위에서 내려다본다고 바로 확인되지는 않으나, 충분한 시간을 들여 주시한다면 누구에게든 결코 지나치지 못할 현상, 간과해선 안 될 변화 들이 미세하게나마 감각되지 않을까? 혹은 그런 요소가 없더라도, 그것을 주시하지 않고서 지나쳐야만 하는 이유나 필요란 있는 것일까? 우리는 어쩌면 저 건너편이라는 목적지에 닿는 것에 몰입하다가 디테일을 업신여기는 게 아닐까?

그보다 목적이라니, 무엇을 두고 우리의 목적지라고 할 텐가?

우리는 너무 많은 것을 광속으로 **스쳐 지나가기**만 하네. 면은 선으로, 선은 점으로 이루어져 있음을 알면서도, 하나의 목적지란 수없이 촘촘하게 분포된 기착지의 총합으로 이루어져 있다는 사실을 잊고 마네.

그보다 먼저 잊어버리는 핵심은, 삶의 전부는 자기가 있던 자리에서 떠나는 일로 이루어져 있으며, 세상 모든 곳이 목적지가 될 수 있다는 것이네.

그런데 일단 떠나고 나면 꼭 어딘가에 도착해야만, 거기에 짐을 부리고 아늑한 잠자리에 몸을 던짐과 함께 완전한 충족을 느끼고 더는 어디로든 나아갈/방향을 틀 이유와 기분을 상실했을 때에만, 우리는 소기의 목적을 달성했다고 할 수 있나? 그 어디에도 도착하지 않는/못하는, 복수나 해원에의 정념과는 무관한 유령의 끝없는 더듬거림이며 중얼거림은, 그리하여 즉각적인 감동과 깨달음을 주는 대신 불쾌감과 이질감을 불러일으키는 신음은, 소설이 아니란 말인가?

—

　비단 내가 사는 소도시에만 해당하는 일은 아닐 텐데, 하천을 건너자고 다리를 깔거나, 허전한 터에 보잘것없는 돌 구조물이라도 하나 세우거나 할 때마다, 주최 측에서는 시민 참여 이름 짓기 공모전부터 시작하여 지역의 특색, 문물, 설화를 연결시키면서 그것에 뭐라도 의미를 부여하곤 하네. 이래저래 덕더글거리는 대도시에서 살 때는 하루가 다르게 빌딩이 허물어지고 구조가 변경되고 번쩍거리는 것들이 새로 생겨나고 나는 땅속 지하철로 필요한 장소만 다녔으니 통 눈여겨보지 않았던 요소들인데, 이를테면 이런 걸세. 샘 하나를 파도 누가 몸을 던져 죽고 그 자리에서 뭐가 피어났다든지 물길이 솟았다든지, 진짜로 문헌이 있는지 새로 만들었는지 알 바 아닌 이야기들을 갖다 붙이면서 이를 두고 '지역 스토리텔링 사업'이라 하는 거지. 일견 사소하고 어설퍼 보이지만 지방자치단체의 예산이 배정되는 만큼 은근히 이권이 얽힌 사업이며, 희끗한 머리카락의 은퇴자들이 저마다 거기서 한 자리를 차지하지 못해들 안달이라네. 문헌으로는 쪽글 수준으로 전해지나 사실 여부는 알 수 없는 민담 혹은 전설 속 인물을 지역의 위인으로 선정하여 추모비를 세우거나 축제를 비롯한 각종 문화 행사를 기획하기도 하지. 그 과정에서 나는, 다른 무엇도 요구하지 않을 테니 사업 심의 통과를 위해 당신 이름 석 자만 우리 협회 브로셔에 올려달라는 부탁을 종종 받았는데—열악한 지방 문화의 자생력을 위해 어느 정도 '들어본 이름'이 필요하다나, 비록 여기 태생자가 아니라 해도 현 주소지에 의거한 속지주의적 방식이었다네—처음 이곳에 터를 잡고 이사했을 때부터 그 어떤 지역 문화 사업에도 개입하고 싶지 않다고 천명했던 나는 몇 차례의 외부 제안을 반려했고, 시 관계자와 지역 대학의 단과대학 학장실 측에서 이유 없이 인사치레로 밥이나 한 끼 같이하자는 연락 또한 마다했네. 대도시 사람들이 와서 본다면 설화니 강연이니 공연이니 하면서 스토리텔링이라는 현판만 그럴듯하게 붙인 자치

단체 소속 기구가 당최 뭘 하기는 하는 건지 의아할 텐
데, 아무리 간단하고 조악해 보이는 행사라도 공공의 예
산이 집행되는 정식 사업이라네. 심지어 지명이 명시되
거나 몇 군데 후보가 추려진 상태에서 민담 속 인물이
아닌 근현대의 실존 인물이라도 존재한다 치면, 그 인물
을 둘러싼 이권 확보 경쟁은 좀 더 치열해지지. 자네 팀
에서도 문학상 관련 업무로 단체 출장을 종종 다녀왔으
니 익히 알 테지. 위대한 한 명의 작가를 두고 서로 동떨
어진 두 군데의 도시에 명칭만 조금 바꾼 기념사업회가
있다는 것을. A도시는 그 선생의 고향이 여기니까 문학
관을 여기다 세워야 한다고 그러면서, 이미 허물어져 존
재하지 않는 집을 시 소유의 적당한 땅에 복원하여 선
생의 생가라고 외부에 공개하고. B도시는 그 선생이 가
장 오랫동안 여기서 살고 세상을 뜨셨다는 이유로 기념
사업회의 이름을 선취하여 독후감 대회와 백일장을 개
최하고. 그러는 사이에 그의 이름을 딴 문학상은 어느
도시가 갖느냐로 줄다리기를 하고. 나눠 먹기와 협의에
실패하고서 급기야는 앞에 붙는 이름이 똑같은데 하나
는 문예상, 다른 하나는 소설상, 이러고 자빠졌더군. 진
정으로 지방자치단체의 문화 자생력을 위한다면 생존

작가든 작고 작가든 사람 이름을 따서 상을 주거니 받거니 하는 전통 이외의 것을 개발해야 할 텐데, 그건 내가 위대한 누군가의 이름이 붙어 있는 상을 받아본 적 없어서 드는 생각은 아니라는 점을 밝혀두겠네.

그런데 여기 단서군 초입면으로 와서 이터널 브리지라고 하는 걸 들여다보니, 완공된 지 5년도 지나지 않은 데다, 젊은 관광객을 향해 손짓하기로 작정하고 지은 이름이라, 뭐 그럴듯한 서사를 만들어 붙일 게 없는 거지. 그래서 결국 관광 게시판에 뭐라고 적혀 있었는지 아나? 첫 줄은 이렇게 시작하네. 이터널은 '영원한, 끊임없는'이라는 의미를 갖고 있습니다… 관두세.

비록 이터널 브리지는 그 속성상 별다른 인상적인 이야기를 얻지 못했지만, 없는 걸 만들어 붙이느니 공란으로 두는 게 낫네. 이에 비해 오랜 옛날 지어진 다리에는 나름의 일화나 전설이 있지. 유럽에는 왜 그런 거 수두룩하잖은가. 구태의연하고 민망한 명칭이지만 역사가 오래된 거니까 그렇다 치고, '악마의 다리'라는 별명이 붙은 다리만 몇 개인지 모르네. 강물에 비친 모습이 지나치게 아름다워서 인간의 힘으로는 도저히 이 일을 해낼 수 없을 성싶고 어쩌면 정령들이 축조한 환영이 아

닐까 싶다는 악마의 다리, 완공까지 오래 걸린 데다 수
많은 사람의 목숨을 희생시켜서 악마의 다리, 전쟁이나
홍수로 몇 번을 부서져도 불사조처럼 끝없이 다시 지어
져서 악마의 다리. 달콤하고 부드러워 자기도 모르게 입
에 달고 산다고 누텔라 초콜릿을 악마의 잼으로 부르는
걸 보면, 중세 시대에 비해 악마가 참 별 볼일 없는 존재
로 격하된 건 맞네만.

　그러나 비교적 정통 서사에 가깝다고 일컫는 악마의
다리는 말일세, 그중에서도 어느 나라의 다리가 원본인
지는 모르지만 유럽 곳곳에 비슷한 내용의 민담이 퍼져
있다 하네. 애초에 악마가 만들어줬다고 하는 다리 이
야기. 사람들이 저 건너편으로 가야 하는데 도저히 시
간 내로 다리를 놓을 수 없는 형편일 때, 악마가 와서 제
안한다는 줄거리를 갖고 있지. 내가 하룻밤 만에 다리
를 지어줄 테니 너희는 대신 그 다리를 첫 번째로 건너
는 생명을 내게 바쳐라. 이런 얘기는 뭐, 성경도 그렇고
세계 어디서든 매우 고전적인 패턴 아닌가. 우리 군대를
승리하게 해주시면 귀가 직후 첫 번째로 맞이하러 나오
는 생명을 하느님께 바치겠습니다. 강아지가 나올 줄 알
았는데 딸이 반갑게 달려 나오는 바람에 딸의 심장에

칼을 꽂아야 하는 장군의 이야기. 인간의 힘으로는 뽑아낼 수 없는 황금 실을 하룻밤 만에 다 자아주고 너를 왕비로 만들어줄 테니 대신 너는 태어날 아기를 나한테 내놓으라던 룸펠슈틸츠헨의 이야기.

그래서 다리는 무사히 지어졌지만 과연 누가 그걸 첫 번째로 건너서 악마에게 먹힐 것인가. 한 소녀가 꾀를 내어 그 다리로 염소인지 양인지 개인지 한 마리를 먼저 올려보냈지. 악마는 생명을 내놓으라 했을 뿐 그게 사람이라고는 명시하지 않았으니까. 그래서 올해는 땅 위의 것을 네가 거두어가고 땅속의 뿌리는 내가 가질게, 제안했던 농부에게 감자 덩굴을 받고 허탕을 친 악마처럼, 다리를 놓아준 악마도 노동의 대가로 인간의 영혼을 약탈하는 데 실패했다는 사실이 분해서 길길이 뛰며 사라져버렸다는 이야기. 대적 불가능하고 광증과 전염병을 불러오는 악마를 웃음거리로 만듦으로써 인간의 재치와 승리를 독려하기 위해 사람들 사이로 퍼져나간 수많은 이야기 가운데 하나.

그런 전설이 붙어 있는 악마의 다리를 배경으로 삼는다면, 우리는 몇 편의 오컬트 호러나 추리 미스터리 그리고 연애 로맨스를, 혹은 그 모든 것을 뒤섞은 무언가를 만들어낼 수 있을걸세. 가장 흔한 클리셰로는 무엇인지 모를 기이한 힘에 자기도 모르게 이끌려 개와 고양이와 사람이 거푸 뛰어내리는 바람에 자살의 명소가 되어버린 다리라든가. 안개 낀 밤에 그 다리를 건너는 사람은 반드시 행방불명이 된다든가. 그 다리 위에서 한번 만나 맺어진 인연은 다리가 무너질 때까지 이어진다든가 하는 것 말일세. 다리와 관련한 이야기를 할 때면, 우리는 왠지 모르게 그런 소스가 들어가야 한다고 믿지 않나? 고의적인 폭파나 폭우 속의 붕괴로 인해 더는 저쪽으로 건너갈 수 없게 되어버리는 탈주자들. 필사적으로 재회하고자 하는 연인들. 전쟁, 살인, 화재, 불결한 환경과 조합되어 각종 범죄에 노출된… 다리만 갖고 할 수 있는 이야기가 새삼 무궁무진하군.

그리고 무슨 이야기든 할 수 있을 것 같다는 그 가능성, 무수히 열린 그 길들이, 내가 이 소설의 제목을 『이터널 브리지』 같은 걸로 짓지 않은 두 번째 이유라네.

장소를 주인공으로 삼고 싶지 않네. 사건을 벽돌처럼 쌓아올리거나 능라처럼 직조하고 싶지 않네. 장소와 사건을 도구 삼아 인물을 생생하게 드러내는 작업에 진력이 났네. 그 다리에서 어떤 개성적인 혹은 입체적이면서 매력적인 캐릭터에 의해 무슨 흥미진진한 일이 벌어질까를 짐작하게 만들고, 척수를 간질이며 침샘을 자극하는 서사가 펼쳐지리라는 기대를 갖게 하는 소설을, 더는 쓰고 싶지 않네. 그와 함께 보편성이니 진정성이니 개연성 같은 말들 또한 어딘가로 쓸어 갖다 버렸으면 좋겠네.

　내게 있어서 글쓰기란 것이, 겨우 존재하는 침묵을 깨뜨리는 발소리에 불과했으면 좋겠네. 떨리는 잎사귀처럼 단어들을 단지 나부끼도록 내버려두는, 허공에 바람을 기입할 뿐인 나뭇가지로서의 글쓰기. 서로 만날 확률이 높지 않은 단어들을 구와 절로 빚는 매개자로서의 글쓰기. 나는 보기 좋은 무늬를 형성하며 이야기를 엮어 나가는 편직 공업자로 살아가기보다는, 사색 끝에 사색死色이 되어 경련하는 말들 속에서 최후까지 남아 있는 미량의 빛깔을 번역하고자 시도하며 그에 실패하기를 반복함을, 소설의 유일한 가치로 삼고 싶었을 뿐이네. 이 다리에 악마가 붙어 있든 천사가 상주하든, 다리가 폭파되든, 다리를 건너던 모든 인간과 개들이 차례로 물속으로 몸을 던지든, 다리 밑 땅속 혹은 물속에 미지의 인류가 살든, 원수와 외나무다리에서 만나든, 그런 것에

관심을 두고 싶지 않네. 그런 것에 관심을 두기가 이제
는 지쳤다고 말하면, 예의 그 노쇠한 마녀의 꺾인 지팡
이 소리나 들을 게 분명하니 힘주어 말하겠네, 늙은 몸
과 해어진 신경 줄과 그 모든 황혼의 질료와 무관하게,
내가 원치 않는다고.

그리고 지금 이터널 브리지 위에서 내가 본 것이, 아
무래도 악마인 듯하네.

—

그렇다고 해서 설마 이 소설의 제목을 『이터널 브리지에서 나는 악마를 보았다』 같은 걸로 붙이지는 않으리라고, 자네라면 그러지 않을 거라고 믿네. 나만 해도 사전 정보 없이 그런 제목을 봤다간, 어떻게든 말은 되나 내부는 구태의연한 잠언과 자기 계발서풍의 성찰이 난무하는 영성 주제의 소설인가보다 하고 착각할지 모르네… 자네 이웃 팀의 주력 상품이 자기 계발서인 만큼, 그 분야를 통째로 폄하할 마음이 없다는 걸 알아주었으면 좋겠네. 내가 못마땅하게 여기는 것은 어떠한 베리에이션도 그러데이션도 없는 무한 반복, 저자가 320페이지에 걸쳐 자신이 딛고 이겨낸 역경의 사례를 서술하면서 자기가 얼마나 남다르고 치열한 사람인지 자랑에 골몰하다가, 결국은 당신도 나처럼 노력하면

성공하여 부와 명예를 누릴 수 있으니 스스로의 환경을 한탄하는 패배적이며 소모적인 일은 그만두고 깨어서 실천하라는 한 문장으로 요약 가능한 일부 책들에 대해 서일 뿐이네.

악마라고 하면 자네는 무엇부터 떠올리나. 보통은 인류가 오랜 세월 쌓아올린 구전과 문헌 속 이미지에 의거하여, 요한묵시록이나 단테의 신곡을 기준으로 생각하게 마련이네. 뿔이 열 개에 머리가 일곱 달린 표범과 곰과 사자의 혼종, 세 개의 머리로 입에서 불을 뿜는 케르베로스, 머리카락마다 꿈틀거리는 뱀이 기다란 혀를 날름거리며 두 눈에서 피를 흘리는 푸리아, 뾰족한 갈고리 같은 꼬리에 독이 있는 털북숭이 게리온, 어둠 속에서도 빛나는 그들의 안광과 송곳니… 어떻게 일별하여도 그 자체가 지옥임을 의심할 수 없는 형상으로. 혹은 그와 반대로 사람을 휘어잡기 위해, 매혹적인 눈매와 입술을 지니고 학식과 언변이 뛰어난 인재의 모습으로. 악마는 디테일에 숨어 있다는 서양의 격언에 따라, 양감도 질감도 갖지 않은 공기와 분위기 자체가 악마의 일종일 수 있다는 판단은 한층 심화된 사고라고 할 수 있네. 악마는 형태 없이 안개 입자 하나하나로 화하여 우리 피부에 스며들고, 자취 없이 바람 소리인 양 속삭여 귓전을 자극할 뿐이지. 그러니 어린 아들이 두려움에 떨며 말할 때—아빠, 마왕이 안 보여요? 검은 망토에다 관을 썼어요—아비는 대답하는 거지, 그건 그저 흐릿한 안개란다. 풀잎이 바람에 스치는 소리란다.*

바다 한가운데에서 오래도록 바람을 맞고 서 있는 것만으로도, 인류의 유전자 안에서 퇴화되고 유실된 미세 감각들이 부풀어 오를 수 있을까? 그렇게 형성된 환영이 명료한 인식과 전도될 수 있을까? 의식이 낭하의 가장자리에서 전락할 수 있을까? 나는 다만 다리 중간쯤 갔을 때 앞으로 더 나아가지 않고 그 자리에 머물렀을 뿐이네. 한 권의 책을 읽을 때 마음에 드는 문장과 마주치면 거기 오래도록 눈길이 머무르지 않던가. 문장을 발음하여 소리로 내보고, 심지어는 촉각으로도 헤아리고자 어루만져보고 싶기까지 하지 않던가. 책장을 넘기는 자네의 손을 멈추게 만드는 문장을, 마지막으로 만난 게 언제였나? 이 문장을 뿌리치고 다음 장, 또 다음 장을 넘기며 줄기차게 전진해야 끝을 볼 수 있다는 사실을 알면서도, 주인공들이 행복해질지 비참해질지, 빌런은 응분의 탄핵을 당하게 될지, 끝에 가선 읽는 이의 속이 개

* 괴테의 시에 곡을 붙인 슈베르트의 가곡 『마왕』의 한 구절.

운해지고 한 권을 후루룩/후다닥 국수 또는 버거처럼
잘 먹어치웠다는 포만감을 얻게 될지 더는 궁금해지지
않는 순간을, 세상 어떤 결말도 눈앞의 문장 한 줄보다
는 중요하지 않다고 느껴지는 순간을, 마지막으로 접해
본 적이 언제였나?

　그런 문장 앞에서 시선이 멈추듯이, 꼭 이 자리에서
보는 바다가 내 마음에 들어왔던 걸세. 그러나 이 자리
에 책갈피를 끼우지 못한 채 언젠가는 나아가야만 저쪽
건너편과 닿을 수 있다는 걸, 한 권의 책 안에 평생 머무
를 수 없다는 사실을 잊지 않은 상태로, 다만 다른 이들
보다는 좀 더 미음완보하며 건너갈 요량이었네. 난간을
잡았다 놓았다 하면서 걸음을 천천히 떼어놓는 동안 나
는 조금은 뒤뚱거리고 조금은 비틀거렸을 테고, 마주 오
던 이들과 뒤에서 오던 이들이 나를 힐끔 보고 피하거
나 앞서서 지나쳤지. 몇몇은 건강이 그리 좋지 않은 자
가 굼뜨게 걸으면서 다른 이들의 통행을 방해하는가 보
다 하고 이해하는 듯한 표정으로, 좀 더 좋게 해석하면
혹여 도움이 필요한 이가 아닌지 살피는 눈길이었네. 나
는 바다에서 눈을 거두어들이고 가다 서기를 하며, 스쳐
지나가는 사람들 한 명 한 명이 저마다 백지에 기입된

한 줄의 문장이나 되는 것처럼, 서로 모르는 사람들 사이로 형성되는 행간을 읽기나 하듯이 그들을 바라보았네. 각각의 문장은 유기적인 얽힘과 풀림이라는 관계를 맺지 않았고 따라서 서사의 그물을 엮지 않는 파편들이었지.

그때 세 명으로 이루어진 일행이 내 옆을 스쳐 지나갔네. 할머니, 엄마, 그리고 여자아이… 자네는 이 진술이 얼마나 비합리적이며 심지어 폭력적이기까지한가를 눈치채야 하네. 한 명의 어린 소녀와 중년의 여인과 노년의 여인이 나란히 혹은 손을 잡고 걸어가는 걸 보면 그들을 으레 혈연으로 간주하여 뭉뚱그리는 습관을 타파해야 하네. 비록 그것이 인류 문명에 새겨진 게슈탈트의 일종이라고 해도 말일세. 저 여인은 소녀의 엄마도 이모도 아닌, 영어 학원 원장이라든지 그냥 학교 앞 문방구 주인일 수도 있네. 나이 지긋한 여인은 어른 여인의 어머니가 아닌 교회 봉사 단체의 지인일 수도 있고, 어른 여인은 노인 여성과 여아를 모두 담당하는 사회복지사인데 마침 그들을 데리고 나들이를 나왔을 수도 있지. 육안으로 짐작되는 나이 차이는 상관없이 그들 셋이 그저 친구일 수는 없는 걸까. 장유유서 사상이 없는 서양에서는 그런 관계도 가능하다고 하던데. 그게 아니면 어린이 쪽은 실은 벤자민 버튼 같은 노부인이며, 나이 든 노부인은 허친슨 길포드 증후군일 가능성은 없을까. 어쩌면 그들은 셋으로 보이지만 한 명인 것은 아닐까. 누군가의 과거, 현재, 미래가, 혹은 누군가의 삶에서 죽음까지가 동시에 펼쳐진 모습은 아닐까. 우리의 우주는 충분히 그런 가능성을 지니지 않았나?

그렇다면 그 셋이자 하나인 얼굴이, 유년의 나와 예전의 나 그리고 현재의 나와 닮았다는 일도, 충분히 있을 법하지 않나?

하여 그 모습을 좀 더 가까이에서 확인하려고 그들을 뒤따라갔네. 무릎과 심장이 썩 좋다고는 할 수 없으나 그 일행 가운데 나의 머지않은 미래인지도 모를 노부인이 있다는 걸 생각하면, 내 걸음으로 곧 그들을 따라잡을 수 있을 터였네. 이제 팔만 뻗으면 어깨를 붙잡기 직전까지 그들과의 거리가 충분히 가까워졌을 때, 테티스의 한숨 같은 바람이 나의 머리카락을 헝클어뜨렸네. 팔을 휘저어서 눈앞을 후려친 머리카락을 걷어내고 고개 들어보니 그들이 어느새 사라지고 없었지. 그 짧은 한순간 질주 혹은 점프라도 하여 다리를 건너가버렸단 말인

가. 아니면 단지 자욱한 안개 때문에 한 치 앞이 보이지 않을 뿐인가. 그런 거라면 조금만 걸음을 재우치면 그만이라고 여기며 나는 안개를 통과해 나아갔네.

　그러나 아무리 걸어도 그 일행을 찾을 수 없었을뿐더러, 조금 전까지는 분명 두세 팀씩 오가던 관광객들이 앞뒤로 한 명도 눈에 띄지 않았네. 관광도시라고 하기 어렵고 접근성 자체가 떨어져 애초에 많은 이용자로 북적대는 다리는 아니었지만 그래도 주말인데 이렇게까지 한순간에 두꺼비집을 내려버린 것처럼 한 명도 한 마리도 없이 나 혼자라는 건 이상한 일이었네. 그 자리에서 나는 돌연 물에 던져진 돌멩이 같았고, 내 주위로 보이지 않는 파동이 번져나가, 앞서간 사람들이 다리를 건너며 터뜨렸을 작은 웃음들, 속삭임들, 몸짓들의 파편과 뒤섞이며 술렁였네. 이것은 안개가 불러일으키는 착각일까? 누구 없나요, 낯선 산속의 폐가에 들어섰을 때나 할 법한 말이 내 입술 밖으로 흘러 떨어졌네. 그 말은 아무에게도 닿지 않고 안개 사이를 서성이며 실낱같은 반향만을 돌려주었네. 이 안개를 해독解毒할 방법을 알수 없어서, 우선 앞으로 또 앞으로 나아갔네. 다리를 건너기만 하면 비밀을 알게 되리라. 모든 의문이 해소되리

라. 내가 여유를 부리는 동안 다른 사람들은 다리를 건너 수풀 사이로 혹은 한갓진 찻집으로 스며들었을 테고, 다리 양쪽 끝으로는 아직 신규 손님이 유입되지 않았을 뿐임을 알게 되리라.

그리고 내가 알게 된 것은, 가도 가도 다리가 끝나지 않는다는 사실뿐이었네. 사실은 현실인가. 현실은 진실인가. 그 미묘한 뉘앙스의 차이를 지닌 열매들 간의 관계는 이 순간 고찰 대상이 아니었네. 교차점도 막다른 길도 없이 일직선으로 건너편과 통하는 다리 위에서 길을 잃는다는 건, 떨어진 작은 얼룩 한 점에서 불쑥 솟아나온 손아귀가 삶의 멱살을 잡아끌고 어딘가로 방향을 꺾어 패대기를 치는 것과 같은 느낌이었네. 한 줄의 다리에 불과했던 공간이 어느새 수많은 굴곡과 회로의 겹을 지닌 미궁이 되어 나를 가두었네. 어디선가 미친 소의 울음소리가 들려왔고, 나는 잘못된 정분으로 태어난 소에게 바쳐진 공물 같았네. 환각임이 분명하다고, 이미 다리를 지나쳐 섬으로 진입했으나 안개 때문에 시각이 거의 차단당하여 혼돈에 빠진 거라고 한편으로는 생각하면서도, 나는 계속 제자리를 맴돌고 있거나 아니면 이 다리가 끝없이 증식하고 있다는 판단에서 벗어날

길이 없었네. 인적 없는 길에서 마주친 미지의 재요災妖
는 그것을 못 본 척하고 제 갈 길로 도망가려는 사람을
몇 번이나 불러세우고, 처음에 작은 어린이만 했던 그것
이 한 번 두 번 세 번… 뒤돌아볼수록 점점 거대해진다
는 전설이 있지. 내가 발걸음을 빨리하고 부지런히 할수
록, 다리는 점점 길어져 끝간 데를 모르게 되었네. 지금
껏 내가 걸어온 길은 우주가 접어놓은 시간의 주름이나
된다는 듯, 그것을 펼쳐버리니 그야말로 이터널 브리지
였네. 나를 감싼 현실의 외피가 벗어지면서 불거진 공간
은, 유와 무가 끝없이 서로를 반사하여 그 무엇도 아닌
동시에 모든 것이 되고 마는 곳이었네. 나는 다리의 악
의가 내게 싫증을 내어 그 두 손가락으로 나를 튕겨 궤
도 밖으로 내치지 않는 한, 이 위에서 벗어날 수 없다는
사실을 깨닫게 되었네.

이 모든 것이 악마의 일이거나 악마 그 자체이고, 우
주는 악마의 손아귀 안에 펼쳐진 만상이라네.

그리고 그 안에 기생하는 개개인은, 악마의 입에서
속삭임처럼 흘러나오는 그럴듯한 이야기 안에서나 존
재하다 사라져버리는, 낱낱의 환영일지도.

—

　예, 제가 처음에 S 선생님의 실종 신고를 넣었던 사람이 맞습니다. 가족은 아니고요. 업무 상 파트너 가운데한 명이라고 할 수 있습니다. 워낙 적지 않은 거래처와일하시니까 선생님도 저를 파트너라고 생각해주실지는, 마음속에 들어갔다 올 수 없으니 모를 일이지만, 활발하게 활동하시던 무렵에는 아마도 저와 연락을 제일자주 주고받았을 겁니다. 여기 제 명함이… 마침 오전미팅 때 남은 걸 다 돌리고 떨어졌네요. 아, 대신에 이건예전 명함이긴 한데요. 그래도 전화번호는 내선까지, 회사 주소도 그대로입니다. 거기서 달라진 건 저의 직급이올라갔다는 것이고, 회사 이름이 경미한 수준으로 바뀌었고, 하는 업무는 거의 같은데 부서 이름도… 달라졌으니 이 명함은 참고만 하시면 됩니다. 그러니까 원래 이름은 '도서출판 스키퍼즈'였고 저는 편집 2부의 대리였습니다. 그리고 지금은 '콘텐츠개발 3팀'의 부장이고, 회사 정식 명칭은 '콘텐츠개발그룹 스키퍼즈미디어'가 됐습니다. 풀네임은 번거로우니 다들 스키퍼즈라고만 하고요.

사명이 스키퍼즈가 된 데에는 두 가지 이유가 있습니다. 하나는 요트의 선장, 미식축구나 이런저런 운동부의 주장을 뜻하지요. 늘 앞서가는 우두머리가 되고 싶다, 이 정도 소망이야 출범하는 회사 대부분이 실현 여부와 무관하게 기본적으로 가지는 마인드니까요. 다른 하나는 스킵, 그러니까 우리 책을 읽는 독자분들이 현실의 모든 경계라든지 제약을 뛰어넘고 도약하고 그러기를 바란다. 우리는 뛰어넘는 사람들, 좋잖아요. 아무튼 요즘 세상에 스키퍼즈 출판사, 주식회사 스키퍼즈, 이런 거 약해요. 뭐 낡았다 구닥다리다 촌스럽다고까지 말하기는 좀 그런데, 좁은 땅덩이에 뭐랄까, 1인 출판이니 독립 출판이니 난립 수준으로 많다 보니, 아무튼 약합니다. 사업자 등록만 하면 끝인걸요. 제 동료들도 회사 떠난 뒤론 다 출판사를 차리든지 서점을 열든지 디자인 편집실을 꾸리든지, 그 바닥을 안 벗어납니다. 그런 환경에서 우리가 내실 있고 규모도 믿음직스럽고, 무엇보다 숙련된 경험과 강력한 네트워크 형성으로 인해 OSMU라든지 OTT로의 연결고리도 단단해서 각종 IP 산업을 통해 작가들에게 장기적으로 큰 이익을 가져다줄 수 있음은 물론 K문화의 총체적인 발전에 이바지할 역량이 충분하며 문화 수출 역군으로 자리매김한다는 점을 어필하기 위해, 출판사라는 이름을 떼어내고 콘텐츠개발그룹이라고 붙인 겁니다. 콘텐츠가 대세가 된 지… 콘텐츠 전성시대 정도가 아니라 콘텐츠가 전부다, 같은 모드가 켜진 지 오래니까요. 콘텐츠 세 글자 붙어 있지 않으면 투자사 쪽에서도 관심을 안 가집니다. 사람들은 입말로 여전히 '영화를 본다'고 말하지만, OTT 영화 스트리밍 서비스라기보다는 실제론 OTT 콘텐츠 스트리밍 서비스라고 하는 게 맞습니다. 거기서 취향대로 영화만 공략해서 본대도, 서비스는 영화만 되는 게 아니라 실화 다큐멘터리부터 퀴즈 쇼까지 다양하니까요. 가상 연애 예능, 사건 사고 솔루션 예능, 요리 후 먹방 예능, 이혼 후 재혼 예능, 이런 콘텐츠가 차지하는 비중이 얼마나 높은데요. 제아무리 거장이 혼신을 다한 생애 최후의 걸작이라고 칭송받은 영화라도 OTT 서비스 안에서는 평등하게 콘텐츠의 하나일 뿐입니다.

요즘 세상에서 편집부가 편집만 한다는 건 말도 안 되는 소리입니다. 기획, 섭외, 프로모션, 마케팅, 언론 소통과 서점과의 이벤트 조율, 해외 에이전시와의 커뮤니케이션 능력, 각종 콘텐츠 플랫폼과의 줄다리기 센스, 때로는 북 라이브 방송 대본을 작성하고 진행하는 능력, 예전에는 분명 협력 관계라고 하면서도 흔히 비위를 맞춘다고 일컫던, 저자의 멘탈 관리까지. 그야말로 전천후 다 커버되는 인재들이 능력에 한참 못 미치는 월급을 받으면서 일하고 있습니다. 지방 거점 국립대학의 영문과를 졸업하고 서울에서 결혼하신 저의 어머니는 제가 중학생 되기 전까지 친족이 운영하는 구시대의 출판사에서 일하셨는데, 이름은 편집부였지만 실제론 거의 교정 교열만 보셨습니다. 기획이요? 제가 처음 입사한 출판사에서 기획 편집을 한다니까 어머니가 기획은 대체 뭘 기획하는 거냐고 물어보셨습니다. 어머니는 그 구시대의 사장님이 친구분이나 지인분들한테서 받아오는 원고 뭉치를 책상에 쌓아놓으면 묵묵히 국어사전을 옆에 끼고 교정 교열을 보셨고, 책과 서류를 포장하여 하루에 두 번 우체국에 갔고, 사장의 책상을 닦고 재

떨이를 비우고 전날 마신 빈 찻잔을 설거지했고, 손님이 오면 평균 2대 2대 1로 커피를 탔습니다. 그건 사무실마다 일회용 커피믹스 대용량 박스라는 게 일반화되기 전에 어머니가 직접 커피를 타던 스푼의 횟수 비율입니다. 작가들마다 취향이 달라서 누구는 커피 : 크리머(예전엔 프리마라는 상표가 유명한 나머지 크리머를 습관적으로 프림이라고 불렀다는군요. 어머니는 교정 보는 입장에서 그것을 견딜 수 없다고 하셨지요. 그림까지는 참을 수 있었다고 합니다) : 설탕이 1대 2대 2, 또 누구는 3대 2대 2, 제일 독특한 입맛을 지닌 저자는 2대 3대 0으로 설탕 없이 크리머를 세 스푼 넣어 마셨다고 하는데 어머니는 그 저자를 위해 티스푼을 세 번째로 흰 크리머 안에 깊숙이 담글 때마다 목구멍 안쪽이 닝닝했다고 하십니다. 그 외에는, 가끔 화려한 도판이 많은 책이라든지 큰 마감 건수가 있어서 야근이라도 할 때면 다용도실의 전기밥솥에 저녁을 지었습니다. 그래도 되던 때가 있었습니다. 버스 정류장과 전철역마다 신문 가판대가 있던 무렵, 일간지와 주부 잡지 시대에 호황을 누렸던 작가들이 풀 방구리에 쥐 드나드는 식으로 틈만 나면 술 한잔 얻어 마실 데 어디 없나, 사무실에 들락거리면서 사장님을 찾고 사장실은 담배 연기로 자욱하던 시절이 있었습니다. 그러면 사장님은 술 마시러만 오지 말고 원고를 달란 말이야, 웃음 섞인 핀잔을 주곤 서로 어깨동무를 하며 사무실을 나섰습니다. 지금까지 말씀드린 건 어머니 세대의 사장님 이야기고, 그 작가들은 한물갔거나 세상을 떠났으며, 저희는 그런 환경에서 일하지 않습니다.

확보된 풀 안에 있는 작가들이 원고를 주기를 기다리면서 그들이 잠수를 타지 않는지 전화와 이메일로 확인하고 독려하기도 하지만, **콘텐츠화가 가능할** 성싶은 작가를 온오프라인에서 발굴하고 픽업하는 것부터가 저희들 본격적인 업무의 시작입니다. 그렇게 섭외한 작가의 책이 홈런, 최소한 안타 이상만 치더라도 그들을 빠르게 점찍은 편집자가 꾸준히 독점에 가깝게 관리하면서 다음 원고를 이어갈 수 있습니다. 회사 전체의 발전이 우선이지만 일하는 나 자신의 작고 소중한 인센티브도 생각하지 않을 수 없고, 지금은 살짝 완화되었지만 부서 간 매출 경쟁을 세게 붙여서 한때는 사무실 벽 전광판에 각 팀 발간 도서, 그중에서도 주력 도서의 매출이 그래프로 전시되었을 정도니까요. 그러니 IP 사업으로의 확장이 가능할지 어떨지를 빠르게 파악하는 안목을 키우기 위해 눈에 불을 켤 수밖에 없고, 얼추 된다 싶은 저자는 이리저리 각을 재본 다음 계속 붙들어놓는 겁니다. 발간 도서를 얼마나 주력 도서로 푸시할 수 있느냐도 편집자의 능력에 포함됩니다. 왜 이 작가의 이번 책이 화제가 되고 많이 팔릴 운명인지를 홍보팀과 마케팅 부서에 어필하려면 친화력도 중요합니다. 그에 따라 광고 사이즈와 이벤트 횟수, 붙어 나가는 굿즈 종수부터 달라집니다. 캐릭터가 강렬하거나 이야기를 눈앞에 그릴 정도로 살릴 수 있겠다 싶은 책을 내놓았으면 미디어 제작사에서 접촉이 들어오기를 수동적으로 기다릴 게 아니라, 이쪽이 적극적으로 PPT도 만들고 피칭에 나섭니다. 어머니가 일했던 시대만큼 만만하지 않고, 글로벌 시대의 콘텐츠화를 위해 전 사원이 최소한 영어는 자유로워야 하며, 여력이 좀 더 되는 이들은 어름더듬 3개 국어까지는 합니다.

그런 업무 환경 속에서, S 선생님은 일단 어디다 어떻게 던져놓아도 기본은 먹고 들어간다고 인식되는 저자군에 속했습니다. 한마디로 범용성이 높았다고 보시면 됩니다. 모니터 안의 AOS 게임 세계관에서 원딜 근딜 힐링 조금에 살짝 탱킹 시늉까지 웬만큼 두루 되는

올라운더 같은 겁니다. 선생님 본인이 예전에 인스타 계
정에 자조적으로 남겼다가 삭제한 문구에 따르면, 아무
콘센트에나 갖다 꽂아도 그럴듯하게 작동되는 타입이
었습니다. 저희와 일하는 상당히 많은 작가님들은 저마
다 주력 분야라고 해야 할지 두드러진 특징이 있습니다.
가령 A 선생님은 풍자적인 여성 서사의 대가다. B 선생
님은 현실 고발에 일가견이 있는 건조한 리얼리스트이
고 C 선생님은 차가운 스릴러. D 선생님은 소시민의 애
환을 묘파하면서 잔잔한 유머와 위트를 선사하는 게 주
특기인 휴머니스트, E 선생님은 SF 전문이고 F 선생님
은 로맨틱 판타지이며 G 선생님은 초현실주의자에 가
까운 모더니스트여서 대중과 친해지기는 어려운 타입.
H 선생님은 니힐리즘으로 무장한 반항아로 호불호가
극심하게 갈리며 극소수 마니아층에 어필한다. 무 자르
듯이 딱딱 정해지는 것도 아니고 그게 무례한 일이기도
해서 표나게 어디다 엑셀 파일로 저장해두지는 않더라
도, 저희 머릿속에 그런 데이터가 대강 들어 있긴 하다
는 말이에요. 어쨌든 산업이고 저희는 각각 특징에 맞게
홍보 전략도 짜야 하니까요. A와 E 혹은 B와 C의 특징
을 동시에 갖추는 식으로 두 가지 이상의 역량이 되는

분들이 당연히 계시겠지만, D 선생님한테 G 선생님 같
은 거 쓰라고 하거나 H 선생님한테 F 선생님 같은 거 쓰
라고 하면 아예, 혹은 백 보쯤 양보해도 거의 불가능하
다는 겁니다. 일단 서로가 그럴 마음을 먹지 않을뿐더러
먹는다고 되는 것도 아닙니다.

그런데 S 선생님이 그게 되는 타입이었어요. 생크림
케이크 위의 딸기같이 살살 녹는 저세상 힐링물과, 더
러워서 파묻어놓고 공구리 치고 싶은 현실의 그림자
와, 의도나 의미는 갖다 붙이기 나름인 추상화풍의 이
야기까지 능란하게 구사하는…까지는 아니더라도 **커
버를 친다** 정도로. 이건 저의 견해가 아니라, 책 한 권을
6분 30초로 요약해서 보여주는 유튜버들 그리고 도서
관련 인플루언서들의 표현입니다. AI가 아니고 몸이 하
나인 걸 감안하면 다작인 편이었고, 그분의 문학적 성
취를 끝내 인정하지 않았던 평론가 교수님들도, 그 넓
은 스펙트럼 하나만큼은 눈에 띈다고 언급할 정도였어
요. 대신 그게 본질적으로는 독이 된다고요. 그중 일부
교수님들의 의견을 빌리자면, 일견 다양해서 풍부해 보
이지만 그건 문학이 아니라 잡기─조금 있어 보이는
말로 퍼포먼스라고 해둘까요─에 능한 약장수가 벌여

놓은 좌판에 불과하며, S가 얼마나 공을 들였든 간에 그 하나하나의 깊이가 얄팍하고 문제의식이라곤 찾아볼 수 없다는 인상에서 벗어나기는 어려울 거라고요. 요즘은 너무 많은 콘텐츠가 있다 보니 최소한의 경쟁력 강화를 위해 작가도 쉬지 않고 공장 돌리듯이 써서 바로바로 펴내는 게 일반적이고 실은 그걸로도 부족합니다만, 그 무렵만 해도 소설 한 권 출간하려면 일단 신춘문예 면허증 하나 따놓고 나서도, 소설이 뭔 묵은지도 젓갈도 아닌데 최소 몇 년은 묵혔다 혹은 삭혔다 나와야 한다든지 수정 또 수정, 찢고 또 찢고, 다 빚어놓은 도자기를 계속 내동댕이쳐서 깨먹는 장인처럼 안 하면 왠지 혼신을 다해 매만지지 않고 되는대로 날려 쓴 것 같은 인상을 주었답니다. 그래서 옛날 돌아가신 선생님들은 '글 농사를 짓는다'거나 '산고의 시간'이라는 식으로 얘기한 게 일반적이었는데 요즘 독자님들 앞에 두고 강연 때 그렇게 말했다간 귀를 후비거나 하품하는 모습을 볼 수 있을 겁니다.

　암만 그래도 그렇지 넌 이제 약장수 수준으로 찍혔고 돌이킬 수 없다는 뉘앙스로 거의 그렇게 되라는 저주인가 싶지만 영 말도 안 되는 편견이라고만은 할 수 없는 게, 올라운더라는 건 이것저것 웬만큼은 다 커버하는 대신 그중 무엇 하나도 썩 만족스럽게… 그러니까 최고가 되기는 어렵습니다. 광고에 넣을 수 있는 최선의 문구는 "경계를 넘나드는" 정도고요. 아마 게임 속 세상에서도 올라운더한테는 각종 스테이터스 수치를 고의로 낮게 설정할걸요. 캐릭터 간 파워 밸런스를 조절해야지, 사기 캐가 다 해먹으면 안 되니까요. 그래도 두루 맞춤 서비스가 된다는 그 특성 때문에, 비록 어디서도 특별해질 수 없고 최고가 될 수 없지만 선호도 자체는 높고 특히 게임을 라이트하게 즐기는 초보자들이 픽을 하곤 합니다. 제가 아는 출판사 다니는 친구들이 한 번쯤은 S 선생님과 일하고 싶어 했고, 신규로 출범하는 업체에서는 되거나 말거나 일단 선생님 옆구리를 찔러보곤 했습니다. 이미 이름도 알려져 있으니 홍보에 들어가는 에너지도 덜 겸, 그 작가가 버튼을 누르면 뭐라도 뱉어내는 데에 일가견이 있는데 그게 퀄리티도 나쁘지 않더라. 그런 작가 한 분 모셔 와서 대문에 걸어놓는 편이, 장기간의 노력이나 거금을 투입하지 않고도 회사의 이미지와 밸류를 어느 정도 갖추는 데 유리하니까요. 회사 입장에서는 그 원고가 문학사에 전무후무한 걸작일 필요까지는 없고—그런 건 보통 드물고—, 세일즈 포인트가 괜찮게 전망되면서 그 질은 그럭저럭 납득할 만한 정도라고 해야 할지 칠부능선만 살짝 넘으면 되는 겁니다. 매번 그게 가능한 분들도 결코 흔치는 않고 좀 더 노골적으로 문턱을 낮추자면, 나무한테 너무 미안하지만 않을 정도면 됩니다. 조금은, 예, 뭐 지금도 세상에는 나무한테 살짝 미안한 책들 천지고, 나무를 베어 만든 것들 가운데 예쁘지도 않고 실용성도 없는 불쏘시개가 얼마나 많은데 꼭 책만 죄가 있으란 법은 없지요.

아무려나 그 숱한 제안들을 수락하는 일이 반복되면 선생님 본인의 이미지가 닳아버려서 나중 가면 업체에도 안 좋은 영향을 미칠 테고 작가는 싸구려로 낙인이 찍힐 텐데—또 이 작가야? 대체 언제 적 이름이야?—그럴 것 같으면 업체는 발 쏙 빼고 그 작가를 다시 안 찾아버리면 그만이지요. 설령 업체 측에서 그럴 의도가 없었더라도, 사람을 소모시키고 폐기한다는 뜻입니다. 그러나 비중이 높지 않은 악역만 맡던 배우가 평생 타이틀 롤을 거머쥐어보지 못하고 또 저 얼굴이야 지겨워 발전이 없어 소리만 듣다 항우울증 약 봉지와 함께 시신으로 발견됐다 한다면, 그에게 악역을 해달라고 의뢰한 수

많은 제작사가 설마 그를 궁지에 몰아넣으려고 작정한 거겠습니까? 그가 **평균적**인 악역을 워낙 **안정적**인 패턴으로 잘 소화하니까 믿을 만해서 맡긴 거고 오히려 그의 생계와 한 줄의 이력 첨가에 도움이 되어주고 싶었겠지요. 나머지는 자기가 알아서 이미지를 비싸게 관리하든지 그럴 일인데 S 선생님이 잘 못하는 게 그거였습니다. 몸이 하나니까 모든 일을 다 맡지는 못하셨지만, 어떤 제안에 응하지 않겠다고 대답하실 적에 그렇게는 안 하고 싶습니다. 바틀비처럼 심플하게 거절하고 잘라 버리는 게 아니라 매번 당신이 지금 무슨 일을 하고 있으며 추가로 일할 틈을 내기가 어떻게 얼마나 어려운지를 곡진하게 설명하셨습니다. 참 쓸데없는 게, 어쩔 수 없는 형편임을 강조하며 성의를 다해 반려해보았자 듣는 사람한테 남는 것은 거절당했다는 사실뿐이어서, 그 작가에 대한 전체적인 인상이 딱히 달라지지는 않거든요. 괜히 여기서 조금만 더 옆구리를 찔러보거나 시간이 허락한다면 생각을 바꿔줄지도 모른다는 여지만 상대방에게 줄 뿐입니다. 예전에 제가 읽은 책 중에, 예의를 과도하게 지키려다가 모르는 이들이 보내오는 간곡하지만 번거로운 청탁과 투서와 초대 들에 어떻게든 모두

응답해주려고 노력한 끝에 술독에 빠져 건강을 해치고 자살한 소설가에 대한 이야기가, 선생님을 보니까 딱 떠오르더라고요.*

아무튼 데뷔 후 20년 넘도록 S 선생님께 출간 혹은 연재 섭외를 시도한 업체가 출판사와 플랫폼 합쳐서 제가 알기로만 마흔여섯 곳입니다. 제가 모르는 접촉까지 포함하면 몇 군데일지 별로 상상하고 싶지 않고 지금은 폐업한 업체들도 꽤 될 텐데, 하여간 선생님은 그중 열다섯 군데 정도의 집안과 계약 관계를 유지하셨고 이는 최근 추세로는 결코 문어발이라고 할 수 없지만, 당시에는 에이전트가 따로 없는 개인 사업자인 작가가 컨트롤하기에 좀 많지 않은가, 퀄리티를 유지할 수 있을까, 저는 생각했습니다.

선생님은 대기만성형은 아니었고, 사어이긴 하지만 혜성같이 나타나 처음부터 주목받았습니다. 사어 얘기를 하니 새삼스러운 게, 사실 대기만성 자체가 지금은 사어나 다름없다고 생각합니다. 인간의 평균 수명은 늘어났는데 도전과 패배와 부활이 허락되는 시간은 이상하리만치 부족합니다. 대중의 반응이 좀 더디 올 것을

---

* 블라디미르 솔로비요프, 박종소 옮김, 『악에 관한 세 편의 대화』(문학과지성사, 2009) 74~75쪽에 나오는 Z씨가 들려주는 친구 N의 일화.

기대하며 오래도록 뭉근하게 불을 지피고 데우고, 그런 식으로 키워지는 아이돌을 보셨습니까? 연습생 기간을 포함하는 거 말고요. 작가도 오랜 습작 기간을 이력으로 쳐주지 않고 데뷔부터가 시작인 것처럼, 아이돌은 시장에 처음 선보일 때부터 좋은 반응을 얻어야 합니다. 도끼를 갈아 바늘을 만든다고 쳐도, 포장을 까서 소비자 앞에 내놓는 첫 순간에 이미 바늘이어야지, 도끼가 갈려 나가는 과정을 몇 년씩 보여주고 앉았을 수는 없습니다. 때로는 그런 성장 과정부터 보여준다며 어린아이들을 콜로세움 한복판에 던져놓고 토너먼트 식 경쟁을 붙이는 방송 프로그램에도, 진짜로 길거리에서 어느 날 갑자기 가능성만 보고 픽업해 온 초짜가 아니라, 그저 데뷔가 확정되지 않았을 뿐인 최소 몇 년 차 연습생들이 출연한다는 사실을 모르는 시청자는 없습니다. 최초의 쇼케이스를 위해 기획사는 상품으로 출시하기 전 가능한 범위 내에서 최연소의 아이들을 데려다가 훈련시키고, 뜨는 데에 실패하면 버리는 카드로 분류하여 팀을 찢어 놓은 뒤 개개인을 토크쇼와 각종 예능으로 돌려서 기존에 투자한 본전이라도 회수하는 전략을 구사합니다. 그러는 사이 그들은 계약 기간이 종료되거나, 아이돌로는 팔 수 없을 정도로 나이가 들어버립니다. 가끔 운 좋게 캡처된 방송이나 귀여운 실수 장면 등이 바이럴 이슈가 되어 해체 직전에 기사회생으로 뜨는 아이돌 팀을 두고 대기만성이라고 언급할 때가 있는데, 그 애들의 나이가 고작 스물대여섯 살입니다. 그러니 그런 문화에서는 와신상담이니 절치부심이니 하면서 다음 기회를 기다릴 여유가 없습니다. 특별 희귀 케이스가 아닌 다음에야 첫 앨범부터 화제 몰이를 하고 보아야 합니다. 스물두 살에 처음으로 동계올림픽에 출전한 선수가 다음번 올림픽에서는 연령과 누적된 부상으로 은퇴 각을 잴 수밖에 없어서 최초이자 마지막으로 인생을 걸어야 하는 일부 종목의 구조와 운명을 생각해보면 더욱 명확합니다. 대기만성이라는 허울 좋은 말이 애초에 극히 일부에게만 허용된 예외 사례이며 대부분의 평범한 사람에게는 희망 고문일 뿐이라는 사실 말입니다.

한번 잘나가면 금싸라기 땅에 건물을 몇 채씩 사는 연예인이나 억대 연봉을 받는 운동선수만이 아니라, 다른 분야에서도 사정은 마찬가지입니다. 오늘날 무언가를 시작하는 사람은 실패하고 다시 일어설 기회가, 글쎄요, 전무하다고까지 할 수야 없지만 결코 여유롭게 주어지지도 않는 것만은 사실입니다. 예를 들어 이제 막 시작하는 작가가 첫 번째 소설집을 출간했는데, 그래도 첫 책이라고 초판을 2천 부 아닌 3천 부로 잡았습니다. 어쨌든 2쇄부터는 책이 팔리는 부수에 따라, 어느 때는 반품 들어오는 부수를 공제하기도 해야 해서 계산이 복잡해지지만 그래도 1쇄본의 인세는 전액 지급하는 게 상례니까, 출판사 입장에서도 어떻게든 작가의 생계를 거들어주고 싶어서 3천 부를 찍었단 말입니다. 그런데 같은 시기에 출발하여 같은 부수를 발행하고 비슷한 수준의 프로모션을 받은 작가가, 한 사람은 본인이 직접 독립서점과 연계하여 낭독회와 강연을 기획해서 다니든 SNS를 통해 부지런히 알려서든, 혹은 가만히 있었는데도 토막 캡처본으로 잔잔하게 입소문이 나면서 운때가 맞았든 간에 1쇄 3천 부를 털고 2쇄 2천 부를 지나 3쇄 1천 부까지 들어갈 때, 다른 한 사람의 책은 3천 부 중에서 300부 나가고 나머지는 창고에 쌓여 있다가 종이가 누렇게 변색된 다음 창고 보관료 절감을 위해 파지 신세가 됩니다. 계량하기 어려운 문학성이 어떻고 그런 걸 따지기에 앞서, 다음번 기회가 순조롭게 주어지는 쪽이 누구겠습니까?

처음이 중요합니다. 엄청난 흥행까지는 아니더라도 웬만큼 눈도장을 찍어놓아야 합니다. 배달 음식 앱에 입점한 가게도 첫 리뷰가 중요하고, 신간이 출간되거나 신작 영화가 개봉해도 첫 별점이 항해의 조타를 결정합니다. 사람들은 누구나 자기가 권위에 휘둘리지 않고 뚜렷한 주관과 소신을 지녔다는 착각을 하지만 열에 여섯은 첫 번째 댓글에 휩쓸리게 되어 있고, 그것이 다른 소비자뿐만 아니라 제작자에게도 실질적인 영향을 미칩니다. 간혹 별 한 개 날린 소비자의 무분별한 악담을 다른 소비자들이 비판하며 정의 구현 차원에서 고의로 별 다섯 세례를 퍼붓기도 하지만, 그것은 극장표를 대량 구입하는 행위로 제작진을 격려하는 '영혼 보내기' 운동과 비슷한 맥락으로 볼 수 있고, 실제로 작품에 대한 인식에 구체적인 영향을 주면서 최종 스코어를 결정짓는 것은 정의 구현에 참전하지 않은 나머지 절대다수의 잠재의식입니다.

그런 의미에서 S 선생님은 첫 책이 '터졌고'—저는 그 당시에는 훗날 이 업계에 종사하리라고는 생각도 못했던 학생 신분이었습니다—그것을 그 시절에는 신데렐라니 혜성이니 하면서 뜻밖의 이변 같은 걸로 취급했지만, 최근 세대로 올수록 프로모션 방식도 다변화되고 각종 콘텐츠 개발 확장 사업에 따라 첫 책이 '터지는' 작가는 이제 비교적 자주 볼 수 있습니다. 그리고 우리 회사가 그런 거 메이킹을 잘합니다.

첫 책이 터졌다고 해서 그게 쭉 승승장구 이어지는 것도 아닙니다. 과거와는 모든 환경 세부 조건이 다르다는 사실을 알아야 합니다. 예를 들어 공짜나 다름없게 문턱을 낮추어 접근성을 올리지 않는 한 '15년간의 침묵 끝에 귀환' 이런 거 소비자에게 안 먹힙니다. 다들 관심이 다른 데로 옮겨 갔거나 현장이 뉴페이스로 대체되어, 15년 만의 귀환이라고 앞에 레드 카펫 깔아놓고 박수 보내주는 것도 아니고, 설령 카펫이 있다 한들 거기 쓰레기와 먼지만 휘날린 끝에 작가는 초라하게 퇴장합니다. OB에 대한, 혹은 신생 출판사의 어려운 초기 시절을 함께해준 작가에 대한 전관예우를 웬만큼 갖춰주더라도, 더는 환영한다고 말할 수준은 못 되는 것입니다. 혹시나 해서 15년 만의 귀환자를 위해 대기업 플랫폼과 협약을 맺고 무료 선공개를 때리잖아요? 일단 플랫폼 쪽에서 난색을 표하며 거절합니다. "그때나 한 시절 좋았지 요즘의 독자들은 듣도 보도 못한 이름일 텐데 메인 화면에 노출하기는 좀." 그래도 이쪽에서는 일단 전관예우를 하기로 마음먹었잖아요? 광고비 땡겨주고 공급률 혹은 배분율도 확 다운해서 어찌어찌 밀어넣지요? 딱 무료 공개로 푼 부분까지만 반응이 오는가 싶다가 유료분부터 끊어집니다. 이미 다 써둔 원고니까 조기 강판까지는 아니더라도 메인 화면에서는 곧바로 밀려납니다. 그리고 15년 만의 귀환자는 그 행보와 결심이 얼마나 무거운 의미를 지녔든 간에 잊힙니다. 그건 누구의 잘못도 아닙니다. 작가는 15년간 품고 매만진 세계가 소중한 입장인 거고, 한 시대를 풍미했던… 예를 들어 '이단아'나 '변종'이 잊히기에 15년이란 충분한 시간이며, 재편된 시대가 더는 이단아고 변종이고 원치 않는 분위기일 수도 있고, 지금 그것을 소비해줄 사람들 입장에서는 15년간 신중하게 간직되어온 정신적 유산이 지금의 즐거움이라든지 유익함과 코드도 안 맞고 낡았을 뿐입니다. 소비자는 간혹 불세출의 천재를 기다리는 것처럼 보이지만 실은 위험 부담 없이 소비할 대상을 향해 지갑을 여는 게 보통이고 그건 호모 이코노미쿠스의 당연한 본능이자 원칙입니다. 천재를 발견해서 열광하는 데에 드는 비용과 시간에는, 필연적으로 실패의 반복이 따라옵니다. 하여 미지의 대상에 대한 탐색이라는 모험을 감수하느니 빠르게 공감할 수 있는 대상을 클릭하는 게 효율적입니다. 평일의 점심시간에 회사 앞에서 다수의 노동자를 상대하는 밥집은 극단적으로 호불호가 갈려서 위험 부담이 따르는 맛보다는 과도한 특징을 제거하여 균질한 맛을 내고 가격을 살짝 다운하는 게 유리한데, 이때 이 세상에 더는 그런 가치가 실재하지 않더라도 '어머니의 손맛' 두 단어 써서 벽에 붙여두면 공감 포인트를 추가 획득합니다. 불호 리뷰에서 자주 볼 수 있는 문구가 뭔지 아십니까? "공감도 안 되고 감동도 재미도 없고"입니다. 좋아요 싫어요, 다른 말로는 공감 비공감, 또는 올려 내려, 강추 비추, 버튼 클릭으로 모든 것이 판가름 나는 현실에서, 현장 종사자로서는 지금의 소비자가 공감할 수 있느냐 아니냐를 우선할 수밖에 없습니다. 감동의 동이 움직인다는 뜻인가요? 요즘 감동의 동은 같을 동이라고 생각합니다. 남들과 같은 것을 느껴야 최소한의 포만감을 얻고, 기초 생존이 위협받는 고물가 시대에 합리적인 소비를 했다는 안심을 하게 됩니다. 그리고 그 안심과 위안이 트렌드 형성의 근간을 이룹니다.

　제가 수시로 옆길로 새는 것처럼 들리시겠지만, 지금까지의 이야기는 모두 S 선생님이 어떤 분인지를 말하기 위한 것입니다. 선생님은 첫 책이 터진 것을 두고 엔드 크레디트가 올라가는 동안 객석에 버려지는 식은 팝콘 봉지와 같다 여겼습니다. 안심하지 않고 답습하지도 않고, 곧바로 다른 옥수수알을 터뜨리기 위해 팽팽한 긴장감을 유지하여, 그로부터 1년 6개월이 채 지나기도 전에 신작을 발간했습니다. 그건 터졌다 할 만큼은 아니고 그렇다고 묻혔다고 보기에는 더욱 적절치 않고, 오로지 차트 아웃 전까지의 세일즈 포인트와 언론 및 대중의 동일 기간 내 언급 빈도 등 객관적인 수치를 기준으로 했을 때 안팎으로 평타 정도 쳤다고 볼 수 있지만, 뭐가 됐든 15년을 침묵하다가 나오는 것보단 나았습니다. 나중에 사석에서 들은 바로는, 대중으로부터 잊히지 않기 위한 전략 같은 건 없었고 단지 계약서에 명시된 납기일을 준수했을 뿐이라고 말씀하셨지만, 애초에 그걸 준수하는 작가들이 다수가 아니라는 현실부터 상기해보면, 의도가 어땠든 간에 첫 테이프를 모범적으로 잘 끊은 셈이었지요. 작가든 가수든 감독이든, 두 번째 책과 앨범과 영화부터가 진정한 첫 테이프라고 해도 거짓은 아닐 겁니다. 그걸 잘못 끊으면, 숫자로 표시되는 부진함을 두고 다른 정황과 변수 때로 재난은 고려되지 않은 채 개인의 역량을 향해서만 무람없이 퍼부어지는 폭언의 먹잇감이 됩니다. 누군가의 화려한 등장을 목격한 이들이 그의 두 번째 작품을 학수고대하는 이유 가운데 절반은, 그를 향해 소포모어 징크스를 들먹여가며 우려를 가장한 비난을 난사할 수 있는 기회를 노리기 위해서일지도 모릅니다. 다행히 선생님은 타인들이 모종의 즐거운 악의를 채우기 위함 이상의 의미는 없는 그 징크스에 걸려들지 않았고, 큰 부침 없이 안정적인 가도를 걸었습니다.

　S 선생님의 데뷔작은 지금 기준으로 보면 별다를 거 없이 고만고만하며 무수히 널린 콘텐츠 어딘가에 섞여 있을 법한 이야기들 가운데 하나일 뿐이겠지만, 당시로서는 '새롭다'는 낡아빠진 수사를 붙여도 결코 허위 과장은 아니었습니다. 지금은 새로움 자체가 화석화된 개념이고, 우리가 끌어안은 채 죽어가야 할 것들 가운데 새로운 건 없다시피 하지만요. 저의 세대는 저보다 15년 전쯤의 앞 세대와 크게 다르지 않은 범위 내의 학교 교과서에서 소설을 배우고 자랐는데요, 그 역사적 의

의를 간과하자는 건 아니나 일제강점기와 육이오 시대를 거쳐 1970년대의 노동자 투쟁, 1980년대의 광주 항쟁과 민주화 운동, 그 시대를 겪어낸 자신의 피폐한 삶과 상처를 돌아보며 술을 퍼마시고 폐인이 되는 1990년대 초중반의 후일담, 시대 조건과 거대 담론에서 좀 벗어나면 불쌍한 우리 어머니나 그리운 의붓누이나, 중산층의 허위 또는 인간 소외에 밑줄을 긋고 살았단 말입니다. 뒤통수를 후려갈겨서 뇌수가 다 출렁거리는, 진짜 혁명이라 할 만한 이야기가 사이사이에 왜 없었겠는가만, 저희는 전 교육과정을 통해서 설렁탕을 사왔는데 왜 처먹지를 못하니 같은 감성에 주로 길들여졌고, 정규교육을 받은 모든 아이들이 혁명을 발견하는 안목을 기르기는 어려웠던 겁니다. 지금은 네트워크를 통해 남들이 뭘 보고 뭘 먹고 뭘 생각하는지 허구한 날 멍하니 들여다볼 수라도 있지만 그때는 교실 전체가 당연하다는 듯이 휴대전화를 갖고 있지는 않았던 시절이고, 설령 갖고 있더라도 인터넷 서핑보다는 밤늦게 끝나는 학원 앞에서 부모님께 라이딩을 부탁하는 연락 수단이었을 뿐입니다.

　한편 그 무렵이었던가요, 마찬가지로 발가락이 닮았다든지 박제가 되어버린 천재를 아시냐는 감성을 배우고 어른이 되신 저의 윗세대가, 교과서와 대학 입시에 매달리는 제 또래를 주요 독자층으로 겨냥한 이야기를 펴내고 계셨습니다. 그런데 순전히 제가 신의 손이 아니어서 그랬을 수도 있지만, 어떻게 된 게 잡히는 책마다 본인의 어린 시절을 몇 장면씩 뽑아다가 추억 팔이를 하는 것 같았습니다. 이웃집 누나를 향한 짝사랑에 가슴앓이를 하거나, 집안이 찢어지게 가난해서 고생하거나, 작가는 서로 다른데 그분들이 써낸 이야기의 무대가 되는 동네마다 한 명씩은 미친년이라고 불리는 아가씨나 코 흘리는 바보가 나와서 광대 역할을 담당하거나 주인공의 성장에 밑거름으로 쓰였습니다. 그 시대를 묘사할 때는 그럴 수밖에 없었으리라고 훗날 이해는 했지만, 정작 그분들이 독자 대상으로 삼았다는 우리는 종잇장도 나뭇잎도 아닌 가난이 왜 '찢어진다'는 말로 표현되는지조차, 일부러 어원을 검색하지 않으면 이해하지 못하는 세대였습니다. 게다가 저희 모두 비데를 쓰면서 쾌적하게 살았다 할 정도는 아니지만 일단 푸세식 화장실 자체를 살면서 본 적이 없고요. 아무튼 열심히 쓰신 소설들이지만 저희들 좋으라고 펴낸 이야기는 아닌 것 같았고, 그땐 다 그랬다 못 먹고 못 입고 리어카에 세간

붙이만 간신히 실어다가 여러 번 이사를 다니고 유년기의 친구들과는 뿔뿔이 흩어지고 추억은 방울지고, 그러니 너희는 빈곤 없는 시절에 태어나 편안한 삶을 누리고 있음을 부모님께 감사드리면서 비행 청소년 같은 거 되지 말고 열심히 노력하며 살라는 취지의 돌림노래를 부르는 책들에 금방 지겨워졌습니다.

그런 상황에서 발간된 S 선생님의 이야기는, 시작부터 어느 정도 관심을 받을 수밖에 없었습니다. 경장님의 아이가 중학교에 들어갈 때쯤이면 교과서에서 그 첫 번째 발표작의 일부를 발췌해서 볼 수 있게 될 겁니다. 한 명의 아이가 지상에서 태어날 때, 두 개의 영혼이 천국과 지옥에서부터 동시에 달리기를 시작한다. 먼저 도착한 쪽이 아기의 혼에서 큰 지분을 차지하며, 나중에 도착한 쪽은 남은 자리만을 받게 되어 혼이 움츠러들고 힘을 못 쓴다. 영혼들의 경주의 결과로 착한 아이와 나쁜 아이가 결정된다…는 설정부터가 구태의연한 권선징악 민담풍의 이야기다 보니 작가가 웬만한 계획이 있지 않고선 잘 안 쓸 것 같지만 당시에는 파격이었습니다. 일단 생활에 찌들어 바닥에 노랗게 눌어붙은 장판, 잿빛 골목길과 끝도 보이지 않는 계단, 취객이 오줌

을 갈긴 담벼락, 뒷산의 쌉싸래한 추억 돋는 감나무, 예
나 지금이나 교도소로 비유되는 학교 교실 같은 공간을
벗어났으니까요. 그런데 어느 날 또 한 명의 아기가 태
어나기 직전 영혼들이 지상으로 달리기를 시작하는데
이때 뜻하지 않은 사고로—중반부터 그게 사고가 아닌
누군가의 악의였음이 밝혀집니다만—진로 방해가 들
어와서 경주에 차질이 생겼다는 걸로 이야기가 시작되
면, 이제 좀 살 만해졌다는 믿음과 함께 아이에게 좋은
세상과 넉넉한 유산을 물려주고 싶은 중산층 어른들은,
그런 이야기에 일정 부분 기대하는 바가 생기기 마련입
니다. 방해 공작은 보나마나 나쁜 영혼이 놓은 덫일 테
며, 착한 영혼이 고난을 극복하고 아기 안에 자리 잡겠
지. 이건 좀 너무 구닥다리 권선징악인가? 그렇다면 조
금 다르게 균형감 있는 버전으로는, 착한 영혼이 역경을
이겨내고 나쁜 영혼의 손을 잡아 둘이 동시에 아기의
몸속에 골인하겠지. 나쁜 영혼이 퇴출되는 게 바람직하
지만, 어차피 한 영혼이 아기의 전부를 차지할 수 없음
이 원칙이어서 비는 공간이 생기는 바에야 우리가 서로
를 잘 감시하면서 아이를 지켜주자… 질서 회복이나 새
로운 건설이나 뭐가 됐든 할리우드의 가족 영화 같은

결말로.

　그러나 S 선생님은 그런 기대를 배신했습니다. 직접 읽어보시라고 상세 스포는 안 할 건데요, 굳이 분류하자면 가족 영화보다는 공포 영화에 가까운 결론을 내렸습니다. 그런데 어떤 공포는 매혹을 동반하여, 일부 독자층에서는 두려움과 사로잡힘 사이의 경계가 흐릿해졌을 것을 어렵지 않게 짐작할 수 있지요. 달리기 경주에 들어온 방해 공작도 애초에 나쁜 영혼이 꾸민 일이 아니었고요. 중요한 것은 착한 영혼, 나쁜 영혼 하고 이분법으로 생각하면서 되도록 나쁜 걸 배제하여 청정해지고자 하는 보호자 입장인 다수 독자들의 소망을 외면하고, 선악의 구분 자체를 무의미하게 만들어버렸다는 데 있습니다. 그런 한편으로 선과 악이라는 개념은 왠지 묵직하고 중후한 톤으로 진지하게, 화자뿐만 아니라 작가 본인이 세상 모든 고뇌를 짊어진 티를 있는 대로 내면서 다루어져야 할 것 같다는 고정관념을 깨고, 달리기 승부라든지 사랑스러운 아기라든지 고양이 강아지 등등 언뜻 스케일이 작아 보이는 소재들로 '가볍고 산뜻한 터치'라는 인상을 주었습니다. 그래서 S 선생님의 업적을 폄훼할 의도가 있었던 일부 언론과 학계에서는, 파고들면 결코 그렇지 않고 다만 착시에 불과하다는 것을 인정하지 않은 채 '경쾌하고 발랄한 소품' '톡톡 튀는 상상력' 같은 수사만을 동원하여 작품을 설명했습니다. 그나마 보도 자료만 훑어 넘긴 게 아니라 소설을 끝까지 읽어준 일부 기자님들은, 책 속 일부 장면을 비유로 끌어와서 마법적인 흡인력, 마력의 서사, 마녀의 이야기 솥단지 같은 레이블을 달아주었고요. 그 와중에 나쁜 영혼 쪽의 캐릭터성이 무척 강렬해서, 그 왜 고릿적부터도 간간이 있긴 했지만 요즘은 장르 불문 어떤 작품에서든 빠지면 아쉬울 패턴으로, 선역을 압도할 만큼 매력적인 빌런 있지요? 구체적으로 명시되진 않았지만 여러 부연 서술로 보아 외모가 준수할 것으로 짐작되는 데다 알고 보면 얘가 또 그 나름대로 사정이 있기도 하고 나중 가면 아닌 척 모르는 척 은근히 협조적인데 클라이맥스까지 가면 어떤 정상 참작의 여지도 없는 절대 빌런이 따로 있더라 같은 흐름이다 보니까, 사람들이 선악의 갈등이라든지 변증법적 합일 같은 데 집중하기보다는 빌런 실은 안티히어로가 얼마나 멋있고 잘났는지를 확인하려고 책을 읽기 시작했습니다. 그랬더니 언론에서 몇 번 기사로 다루어주는 겁니다. 목적이 뭐가 됐든 책하고 담

쌓은 사람들이 책을 사서 읽으니까, 언론은 이 독서 열풍 현상에 집중하면서 "무엇이, 어떤 요소가, 각종 엔터테인먼트로 떠나간 독자를 다시 책 앞으로 불러 모으는가"를 진단했고, 결국 독서 행위 자체가 영화를 보고 뮤지컬을 관람하는 것과 마찬가지로 오래된 하나의 엔터테인먼트—스펙터클과 청각 효과가 없어서 태생적으로 경쟁력은 약한—일 뿐이며, 새로운 시대의 작가들은 이 변화에 적응하고자 한다면 내면의 깊은 사유에 침잠하여 면벽할 게 아니라 인상적인 캐릭터 개발과 쉽고 가볍게 단숨에 읽히는 스토리텔링에 힘쓰는 게 유리할 것이다, 같이 은근히 조롱 섞인 조언으로 결론을 내렸습니다.

그로부터 세월이 좀 더 흐른 뒤에는 S 선생님의 이야기를 읽고 자란 이들이 작가가 되기도 했고, 구시대와는 사뭇 다른 분위기와 흐름을 지닌 새 세대의 이야기들이 그즈음 서점 차트를 대거 점령하자, 젊은이들더러 미래의 일꾼인 아이를 많이 낳으라고 요구하면서 젊은이가 주체적인 사고를 하거나 인생의 황금기를 충분히 누리고자 하는 태도를 증오하는 경향이 있는 레거시 미디어 몇 군데에서, 각 대학의 석좌교수님들을 모셔놓고 대담을 열었습니다. 엄혹한 군부독재 시대를 겪지 않은 지금의 젊은이들이 주어진 풍요는 누리면서도 결혼과 출산을 통한 사회의 존속 자체를 거부할 만큼 개인주의가 팽배해 있고 치열한 생의 의지라든지 투쟁 감각이랄 만한 게 떨어져서 더 이상 선 굵은 서사를 견디지 못한다. 책을 읽지 않고, 문해력도 없고, 어쩌다 좀 읽는다 싶으면 개인의 내면이라든지 소소한 일상에 치중하거나 쉽고 편안하고 작고 가벼우며 머리를 비울 수 있는 이야기만 찾고, 출판사들은 그런 경향을 좇아 자꾸만 책도 볼륨을 라이트하게 만들고 내용도 다운그레이드한다. 출판사가 주도해서 국민의 독서 능력을 신장시켜도 모자랄 판에 하향 평준화에 기여하는 형국이다. 여전히 위험하고 고된 현장을 발로 뛰면서 수년씩 공들여 자료 조사를 한 결과로 묵직한 이야기를 펼쳐내는 작가들이 남아 있는데, 그들이 창작을 계속할 힘을 잃지 않도록 더 조명을 비추어주어야 하며, 한쪽으로 편중된 독서 시장이 정상화될 수 있도록 출판사가 책무를 다했으면 좋겠다. 이런 얘기들을 나누며 작금의 사태를 진단하고 개탄하셨습니다.

저희도 그런 책무를, 수행하기는 합니다, 사회 문화

기여 차원에서요. 초판 매진 못 시키면 인쇄비나 간신히 건지고 마는 일곱 권짜리 핍진성 갖춘 산업화 시대 소설요, 냅니다. 다만 저희도 땅 파먹고 사는 게 아니어서 다는 못 내고요, 작가도 생계를 꾸려야 해서 매번 그렇게는 할 수 없는 것뿐입니다. 작가가 꾸준히 그런 경향으로 쓸 수 있으려면 이 산업화 시대의 핍진한 소설이 드라마로 만들어져서 터지면 되는데요, 그런 잭팟이 누구한테나 평등하게 오는 건 아니고, 보통은 요즘 젊은 시청자들이 이런 걸 보고 싶어 하나?라는 반응을 시작으로 피칭 단계부터 반려됩니다. 조금 긍정적인 사인이 들어온다 싶을 때는, 주인공이 이렇게 연세 지긋하신 가장이면 제작비 투자를 받기 어려우니 젊고 잘생긴 총각으로 바꾸자, 이 경우 아내와 아이들이라는 존재가 없어지니 원작에 없던 젊고 아름다운 여성을 한 명 넣어다가 현장에서 러브 라인을 조성하자, 혹은 트렌드에 맞게 주인공 총각보다 연상이고 아름다움 속에서도 당당한 기품이 도도하게 빛나는 권력자 여성을 내세워, 주인공이 그녀의 심복이 되었다가 그녀를 이용해 먹으며 성취의 계단을 밟으면서도 싹트기 시작한 사랑의 감정 어쩌고 하는 스토리로 바꾸자는 식으로 논의가 흘러가지요.

주인공 이름과 시대 배경을 제외하고 원형이 거의 남지 않는다는 걸 알아차린 원작자가 성질을 낸 끝에 아직 배가 덜 고팠네 소리를 들어가면서 논의 테이블을 엎어 버릴 때까지.

S 선생님의 경우는 그런 강경하고도 단호한 성격이신지 여부를 확인할 기회가 많지 않았습니다. 초기작과는 분위기도 인물 구도도 전혀 다른 원작을 베이스로 영화가 딱 한 편 나오긴 했는데, 그건 우리 회사 책이 아니어서 진행 과정이 어땠는지 따로 알아본 적은 없습니다. 그동안 선생님이 펴낸 책 종수와 인지도에 비해, 곳곳에서 간은 많이들 보았지만 의외로 제작사와의 만남이 어떤 구체적인 결실로 빈번하게 이어지지는 못하는 편이었습니다. 일테면 착한 영혼 나쁜 영혼이라는 설정부터가, 그렇잖습니까, 요즘이야 거뜬하겠지만 그 당시 그래픽이나 기술력으로 잘못 건드렸다가 특수 효과가 살짝 어설프게 나오기라도 하면요. 그래서 내 눈에 흙이 들어가기 전에는 절대 러브 라인이고 뭐고 꿈도 꾸지 말라 같은 말을 들어볼 단계까지 간 적이, 일단 저희들하고는 없습니다. 딱 한 편 영화 개봉까지 본 다른 출판사에서는 진행이 순조로웠는지 반대로 애로 사항이 많

았는지 심지어 가시밭길이었는지 모르겠지만, 후기로 접어들수록 선생님은 더욱 마이너한… 여러 북 클럽의 코멘트를 빌리자면, 즐거운 포만감하고는 갈수록 멀어지는 이야기를 쓰셨으니, 유의미한 판단 지표는 되지 않을 겁니다. 일단 당시 별다른 소문이 퍼지지 않은 걸로 보아 과정 자체는 스무드했을 거라고 짐작합니다. 만일 상을 뒤엎었거나 까탈이라도 부리셨다면 그거 저희 귀에 안 들어올 수가 없습니다. 이 바닥이 얼마나 좁은데요. 기본적으로 성격이… 저희를 대할 때와 크게 다르지 않았을 거라고 가정하면, 마음속에 쌓아두는 건 많아 보이는데 겉으로는 유한 가면을 잘 쓰는 타입이라고 해야하나, 여러 일들 같이하는 그 세월 동안 특별히 험한 꼴은 본 적 없으니까요. 그런데 가면 쓰고 속은 어떨지 모르겠는 건, 웬만한 사회인들 다 그렇지 않나요? 그냥 평범하고 무난했다 정도로 보면 맞을 겁니다.

확실하게 기억나는 거라면, 뭐가 됐든 반대한다는 소리는 안 하셨습니다. 성향 따라 차이가 큰데 어떤 작가들은 텍스트 바깥으로 벗어나는 2차 미디어 자체를 아예 허락하지 않거든요. 그런 경우 오디오북을 제작할 때도 제약이 따릅니다. 텍스트 전문을 그대로 낭독하는 오디오북은 시각장애인의 독서에 도움이 될 것 같으니 승인하겠지만, 라디오 극장 같은 형식으로의 변형은 일체 불허한다는 겁니다. 바람 소리나 불 붙는 소리 같은 효과음 들어가고, 등장인물에 따라 다른 성우를 쓰는 거 뭔지 아시지요? 각색으로 인해 대사 이외의 문장은 생략된다든지 고유의 문체가 지워질 수 있으니 조금이라도 드라마타이즈는 안 된다는 거지요. 당연히 영화도 연극도 안 되고, 가이드라인이 명확한 만큼 저희는 그 의사에 반해 터치하지 않습니다. 어쩌다 당황스러울 때는 저자분이 된다고 했다가 안 된다고 말을 바꾸었다가 다시 하자고 했다가 결국 뭐가 맘에 안 든다고 손바닥을 수시로 뒤집는 경우인데요, S 선생님은 처음부터 뭐든지 해도 된다고 열어놓는 쪽이었습니다. 그것을 바라고 기다리는 사람들이 분명 있고 그것으로 생활이 피어나는 사람들도 생길 수 있는데 원천 차단해서는 안 된다는 입장이었어요. 원작자 예우 차원으로 혹시 각색에 이름 넣고 직접 참여하시겠느냐고 의사를 여쭈면, 해당 분야 전문가들의 영역에 원작자가 끼어들어선 안 된다며 모두 믿고 맡긴다고도 하셨고요. 혹시 모르지요, 매번 구체화 단계까지 갔다면 언제 몇 번이나 마음을 뒤집었을지는. 그래도 일체 참견 안 하겠다 정도면 제작사 입장에서 보기엔 환영할 만한 원작자의 자세거든요.

　진행 과정에서는 구설수라고 할 만한 일이 전무했습니다만 일단 영화가 만들어지고 난 다음에는 다소 비협조적인 애티튜드를 보이셨던 걸로 기억합니다. 아까 말씀드린 대로 우리 회사 일이 아니었으니 세부 사정까지는 모르지만, 동료들 얘기나 적어도 기사화가 된 부분만 보면 그랬어요. 이를테면 영화가 시사회 들어가고 개봉도 하고, 그런 자리에 원작자를 초청하는 경우가 있습니다. 상영 후 원작자 인터뷰도 있고, 그러면 주로 이런 거 물어본단 말이에요. 작가님이 쓰신 소설이 영화화됐는데 기분이 어떠세요? 마음속에 그려진 모습대로 나왔나요? 처음에 출연진이 결정됐을 때, 주인공이 이 배우라는 걸 알게 됐을 때 어떤 반응을 보이셨나요? 어때요, 원작 주인공에 잘 어울리는 것 같으세요? 이제 영화 출연자분들과 스태프분들을 향해 응원 한마디 남겨주신다면요? 마지막으로 영화를 보러 오실 관객분들과, 또 소설을 읽으신 독자님들께 한 말씀 부탁드립니다. 그런데 그 시사회에 안 나타나신 거예요. 그게 다행히, 간다고 했다가 예고도 없이 파투를 낸 게 아니라—그런 진상

들도 예전에는 있었답니다, 시민 백일장 초청 강연 전날 과음으로 술병 나서 취소한 시인이나, 약속된 라디오 생방송 전화 연결 직전에 마음이 바뀌었다며 일방적으로 통보한 교수 등—처음부터 안 간다고 거절하신 거긴 한데, 뭐라도 볼 만한 그림을 만들려고 했던 실무자 입장에선 도긴개긴이거든요. 자기 원작 영화를 개봉하는데 원작자가 안 온대. 그것도 건강상의 문제로 부득이한 불참이 아니라—찾아와주신 분들께는 사정상,이라고만 두루뭉술하게 둘러댄 모양이에요—멀리 지방에 산다고. 심지어는 그 원거리조차 표면적인 이유로 삼았으리라는 걸, 나중에 다른 기사로 유추할 수 있었습니다. 일간지에서는 그런가 보다 하고 넘어갔지만, 영화 주간지 쪽에서는 시사회에 오거나 말거나 원작자 인터뷰를 따로 진행했거든요. 그 과정에서 담당자가, 책의 매출과 영화적 이슈를 생각하면 인터뷰에 응하시는 게 저희로선 반갑긴 하다든지, 범상한 권유의 말을 흘렸을 것을 어렵지 않게 예상할 수 있습니다.

그 현장에서 앞서 열거한 것과 같은 질문들이 차례대로 나오지요? 그때 웬만하면 질문 의도에 맞게 대답해주는 게 서로 뭐랄까, 좋은 게 좋은 겁니다. 답은 정해져 있고 당신은 그걸 읊으면 되는 상황인 거예요. 2차원의 텍스트로만 보던 인물들이 화면에 살아 숨 쉬는 모습을 보니까 기쁘네요 혹은 믿어지지 않네요. 주연 배우분은 제가 생각한 이미지와 찰떡이었어요. 정말 고생들 많으셨습니다. 파이팅! 삼백만 가자! 많이들 보러 와주세요. 감사합니다. 그렇잖아요? 거창하게 문학관이나 인생관까지 베팅할 거 없이 쉽게 가는 길이 있는데, 그런 자리에서 S 선생님은 찬물을 끼얹은 겁니다. 영화가 문학의 종착지인가요? 목적지인가요? 최종 심급인가요? 저는 다만 여러 가능한 기착지 가운데 하나일 뿐이라고 생각합니다. 이런 식으로요. 그러고 나서도 영화는 일단 만들어졌지만 그건 내 것이 아닌 남들 것이니 내 알 바 아니고, 같은 뉘앙스가 이어졌는데 노련한 인터뷰어가 어찌어찌 유도를 잘해서 응원에 가까운 긍정적인 한마디는 받아냈고 그걸로 마무리했습니다. 인터뷰 마치고 편집부 담당자가 쫓아가서 여쭤봤대요. 연출이든 연기든 뭔가 마음에 차지 않으셨느냐고. 그건 또 아니래요. 전체적으로 괜찮은 것 같고, 당신으로선 낯선 분야이기 때문에 어련히 알아서 잘 나왔으리라 믿을 뿐, 더 보탤 말이 없다더래요. 영화 자체에는 전혀 문제가 없고 다 아름답고 고마운 일이어서 좋은 마음으로 자리에 나왔는데, 그동안 영화화 경험이 없던 상태에서 그게 처음이라 인터뷰의 패턴이나 취지를 미처 모르셨다고. 그런데 인터뷰어의 질문 흐름이 점점 기분이 어떠냐 기쁘지 않으냐 얼마나 오랫동안 이 순간만을 기다렸느냐 같은 식으로 이어지기에, 어느 정도 수준으로 영광스럽다고 대답해야 오버하는 것 같지도 않고 시치름해 보이지도 않는 최적의 반응일지 고민하다가, 문득 지나온 순간들의 켜가 떠올랐다는 겁니다. 그동안 얼마나 많은 이가 소설을 읽고 "이건 무조건 영화 각이지" "영화 왜 안 나옴?" "책 말고 영화로 봤음 좋겠다" 같은 별점 리뷰를 남겼는지. 책에 대한 리뷰의 절반 이상이 문학의 지평선이 아닌 영화에 대한 기대로 끝났다는 것과, 이렇게 생생하게 눈앞에 들이댈 거면 시나리오로 쓰지 왜 소설로 썼을까 하는 아쉬움의 후기들과, 심지어는 애초에 영화화를 노리고 쓴 게 분명하다는 추측들. 그리하여 이후로 10년 넘도록 다른 신간 이벤트 자리를 갈 때마다 얼마나 많은 분이 신작과는 무관한 "지난번 그거 영화 언제 나와요?"를 물었는지. 4절까지 들을 때는 그 나름대로 들을 만했는데, 애국가도 4절까지 있다는 거 누가 알 바냐 싶은 마당에 철마다 무한 반복 돌림노래가 되다 보니 나중에는 정신이 좀 혼미해지더랍니다. 그래서 당신도 분명 이 영화의 개봉을 기다렸고 이게 당신에게든 여러 관계자에게든 얼마나 좋은 일인지를 모르지 않는데도, 소설이 소설 자체가 아닌 OTT 플랫폼이 취사선택할 수 있는 대량 덤핑 품목 가운데 하나에 불과하다고 인식되는 것 같았답니다. 그렇다고 해서 인터뷰어를 앞에 놓고 그런 얘기를 하면 이제 막 뚜껑을 연 영화에 지장을 줄까 봐 최종 심급이니 기착지니 적당히 말을 돌렸다는 겁니다. 혼란한 심경 자체는 이해할 수 있는 부분입니다. 나의 역사와 감각과 감정을 둘러싼 비밀스러운 매듭이나 복잡한 상징 혹은 특별한 장소성 같은 것들이 재미있는 즐길거리, 콘텐츠의 원천 소스 정도로만 취급된다면 말입니다.

아무튼 그때 알았습니다. 영화든 연극이든 타인들이 고대할 수 있으니 2차 미디어로의 활로를 봉쇄하지 않겠다는 입장은, 적극적으로 환영한다는 뜻과 꼭 같지는 않다는 걸요. 이해는 하는데 좀 실망스러운 대응이었다고 봅니다. 결국 그걸로 영예를 누리신 만큼, 의도와는 상관없이 빚어진 그 현실에 최소한의 의무를 이행해야 한다고 생각합니다. 최소한의 의무라는 게 무슨 고도의 심리전이나 기술이 필요한 거겠습니까. 영상화라는 빅 이벤트에 일단 몸을 담겠다고 사인한 이상, 서먹하다든지 잘 모르겠다든지 심지어는 대다수에게 소설의 종착지가 영화인 걸로만 인식된다 하더라도 그런 개인 사정은 접어두고서, 독자가 혹은 관객이 듣고 싶어 하는 이야기를 덕담의 내용과 정담情談의 톤으로 들려주는 겁니다. 기획사에서 지급한 노래와 의상이 황당하고 맘에 안 들어서 무대 뒤에서 울던 아이돌도, 무대에 오르면 청중이 기대하는 미소를 지으면서 손으로 하트를 날려줍니다. 괜찮은 것 같은데 낯설어서 할 말이 없다고 해버리면, 전능한 숏 폼의 세상에선 그게 다른 어떤 함의도 없이 괜찮지 않다는 뜻으로만 들리기 마련이거든요. 엔터테이닝에 뜻이 없으면 애초에 2차 미디어화를 찬성하지 말든지, 그게 아니면 이왕 시사회도 스킵한 마당에 마음 굳게 먹고 인터뷰도 패스하시든지 그랬어야 한다고요. 좋게 드롭할 방법이 아예 없는 것도 아니거든요. 영화는 만든 사람들 것이고 조용히 뒤로 물러나 지켜보면서 마음으로만 응원하고자 원작자 인터뷰는 생략하겠다고 했어도 될 일입니다. 실무자 입장에선 얼마나 난처하겠습니까.

그래도 영화 자체는 극장에서 내려왔을 때 손익분기점을 넘었다고는 하는데요, 그 뒤로는 몇 군데 OTT 플랫폼에 돌려가면서 풀어놓은 덕분에 꾸준히 재미는 보았을 겁니다. 그 밖에는 영화 관련해서 원작자와 트러블이 있었단 소리는 못 들어봤고 그만하면 양쪽 산업 측면에서 소소한 해피엔딩이었다고 생각합니다.

그게 반드시 도화선이 되었다고는 할 수 없을 텐데, 영화가 공개된 시기 이후로 S 선생님이 조금 달라진 것 같긴 합니다. 지금 생각해보면 말이지요. 당시에는 그냥 연세 좀 드셔서 그러겠거니, 번아웃이 올 때도 됐지 싶었습니다. 당신 입으로 갱년기가 은근히 힘들고 청력도 예전 같지 않고 책 글자도 영화 자막도 잘 안 보이고, 그런 얘기 종종 하셨거든요. 거기서 조금만 더 잡수시면 어르신들 그 왜, 나직하게 말씀하시던 분들도 신체가 변하니까 고래고래 소리지르잖아요. 뭐라고? 안 들려! 다시 말해보라고! 호르몬은 변하고 여기저기 안 아픈 데가 없는데 신경 계통에 이상은 오지, 단 한 줄의 글을 쓰는 데에 예전에는 발상부터 집필까지 몇 시간이 걸렸다면 이젠 이 자리에 들어갈 단어 하나가 무엇인지를 떠올리는 데에 반나절은 필요한 몸으로 바뀌었다는 거였습니다. 입력도 출력도 예전보다 몇 배나 시간이 걸리는 게 당연한 노화 과정인 걸 이성으로는 알겠지만 나중에는 한나절도 며칠도 아니고 아예 글이 안 나오겠구나 싶은 불안과 초조가 일상적으로 늘었다고 하셨습니다. 이벤트를 앞두고서 살짝 신경질적인 반응이 올까 말까 하는 모습이 보이면 그때그때 맞춰드렸습니다. 좋게 풀어서 설명했지만 실은 이 변화 과정이 옛 어르신들께서 말씀하시던 늙어 괴팍해진다고 하는 그것과 다르지 않은데, 오래 알고 지내다 보면 마음이 놓이고 경계가 허물어지며 상호 예의의 마지노선 같은 게 희미해지기도 하니까, 그런 차원으로 이해했습니다.

　어땠냐면, 그전에는 좋은 게 좋다 식으로 넘길 때가 대부분이었는데 언젠가부터 싫음을 감추지 않으시더라고요. 하시는 일 자체와 그에 따른 결과는 거의 달라지지 않았는데도요. 이를테면 주력 저자의 신작 소설이 발간되어서 한차례 홍보를 돌게 될 때, 대형 서점에서 이벤트를 제안해주는 대로 양식에 맞춰서 7문7답 페이지를 넣는다든지, 라이브 방송에 출연한다든지, 온오프라인 사인회를 열기도 합니다. 그런데 그중에 뭘 하게 되더라도 마지막 순서로는 보통 이게 옵니다. 이 책을 읽어주시는 독자님들께, 혹은 이 책을 팔아주시는 ○○서점 앞으로 한두 줄 메시지를 쓰고 저자 사인을 남겨주는 겁니다. 그게 막 심혈을 기울여서 의표를 찌르는 문구를 즉석 창작해내라는 게 아니라, 다른 저자분들이 방명록에 남기는 것처럼 평범한 인사 한마디면 되는 겁니다. 향기로운 봄날 되세요. 재미있게 읽어주세요. 여러분의 행복을 빕니다. 생각하기조차 귀찮다 싶으면 그냥 ○○서점 파이팅! 다들 그렇게 합니다. 우리가 통상 업무 상대와 이메일을 주고받을 때 마지막에 형식적으로 쓰는 그 한마디면 족하단 말입니다. 시청자 여러분, 편안한 저녁 시간 보내시기 바랍니다. 관련자나 출연자 외에는 별반 거들떠보지 않는 오후 5시 20분 공중파 교양 방송의 클로징 멘트 정도면 그만이라고요. 사회인으로서의 최저선을 지키는 정도에 불과한 인사를 무슨 백퍼센트의 진심을 담아 열성을 다해, 그렇게 건네야 한다고 믿는 사람은 거의 없지 않나요? 마주친 이 사람이 정말로 간밤에 편히 주무셨는지 아침은 잡수시고 다니는지 관심 있어서 안녕하세요,라고 말하지는 않는단 말입니다.

　사실 그런 분위기에 익숙지 않은 저자분들 누구든 방명록 앞에서 일차로 간지러워하시긴 합니다. 아 이거 뭐라고 쓰지? 쓸 말이 생각 안 나네요 허허. 나 이런 거 잘 못 쓰겠더라. 그게 아닌 줄 알면서도 왠지 잘 봐달라고 아부하는 것 같고 애교를 부린다는 느낌이 들어. 이거 꼭 써야 하나. 그럼 저희가 옆에 있다가, 워딩이 좀 그래서 그렇지 실제로 아부라고 보아도 무리가 아니긴 한데 현대사회에서 그 정도도 안 하고 뭘 어떻게 판답니까 같은 말씀은 차마 못 드리고, 적당히 인사말 써주시면 된다고, 서로 조금씩 갖고 있기 마련인 낯가림을 좀 덜어내는 동시에 이 책을 처음 만나는 독자님들 앞에 문턱을 낮추고 환영한다는 제스처를 취하는 의미 이상도 이하도 아니라고, 추임새 좀 넣어드리고요. 아이고 작가님도 참, 악수회라든지 사인회 같은 팬서비스를 연예인들만 하는 건 줄 아셨나 봐. 내가 먼저 다가가 인사하지 않고서야 어떻게 친해진대요? 그러면 진짜로 적당히 쓰시고 방명록을 덮습니다. 진심으로 못 하겠다 하시는 분들, 연세나 평소 태도나 쓰시는 글의 성격으로 봤을 때 내가 글을 팔러 나왔지 다른 거 팔러 나왔냐고 진지하게 반박하실 것 같은 분들—물론 요즘 글만 갖곤 못 판다고 다른 거 같이 팔아야 한다고, 저자의 얼굴과 미소와 인사할 때의 제스처 등이 책에 끼워 파는 굿즈와 다름없다고 생각하지만 누구도 입 밖으로 꺼내지는 않습니다―, 예술가는 대중을 향해 그 어떤 직접적인 언사도 건네선 안 된다는 신념에 사로잡혀 계시는 분들이나, 저희가 봐도 다정하고 따뜻한 인사와는 평생 가야 인연이 없을 것 같은 저자분들도 계십니다. 그럴 땐 아무 소리 않고 이름 석 자만 써주시면 그만이고요. 가급적이면 독자님들께 위로와 격려, 응원의 한마디 덧붙여달라고 문학 코너 주임님이 얘기하시더라도, 저자분이 아이구 저는 별로 됐습니다, 눙치고 넘어가는 데에 강권 안 합니다. 거기까지가, 다양한 개성을 지닌 작가들을 데리고 일하는 동안 저희가 프로모션 이벤트 때마다 반복하기 마련인 일종의 콩트, 무대 위의 스텝과 포지션이 사전 약속된 쇼 같은 겁니다.

　그런데 S 선생님이 그 방명록을 앞에 두고 네임펜을 만지작거리면서 뭔가 생각에 잠겨 있다가, 이런 문구를 쓰시더라고요.

　견디기 힘든 날들

이게 목적어가 뭔지를 물어야 하나, 아니면 왠지 이유를 몇 가지 알 것만 같지만 모른 척해야 하나 고민하면서 기다렸습니다. 하나는 20년을 쉬지 않고 일하다 보면 그것이 아무리 원하던 일이었다고 해도 여기는 어딘가 나는 누군가 같은 허망한 느낌이 밀려오게 마련인데, 그 사이사이에 개개인의 적성에 맞지 않는 일들도 필수로 진행해왔다면 그럴 만도 합니다. 육아가 적성에 꼭 맞는 양육자가 세상에 몇 명이나 될까요. 바라 마지 않던 아이를 낳고 열심히 돌보며 의무를 다하기는 하는데, 그 아이를 위해 웃음만을 지어줄 수 있는 사람이 있을까요. 소리도 치고 울분도 터뜨리기 마련이지요. 그런데 그래선 안 되는 상황인 겁니다 이게. 저도 한 회사에 10년 넘어 있으려니 아무것도 아닌 일에도 이가 갈리는데 그렇다고 사장님 면담을 땡땡이치거나 서점 MD들과 미팅을 하지 말아버릴까요? 불가능하잖습니까. 그래서 지금 이 자리 자체가 견디기 힘드신 모양이구나, 워낙 글쓰기 외의 다른 일에 일가견이 없으시단 느낌은 그전에도 꾸준히 있었고, 인터뷰고 간담회고 간에 사람 앞에서 말하기가 어려워 무언가의 이벤트가 있을 때마다 정신과 처방약을 휴대하신다고 10년 전부터 들었는데도, 저희가 요청하면 하는 대로 그걸 또 다 하셨으니 한번 폭발할 때가 됐지 싶었어요. 그냥 우리 세계가 '이 러한' 것들로 이루어져 있다는 사실 자체를 견딜 수 없 어 하는 느낌이었습니다.

다른 하나라면 아무래도 그걸까요. S 선생님은 자신 의 이야기가 어떤 유형의 소비자에게 소구력을 갖는지 를 별다른 연구나 시장 조사 없이 순전히 본능으로 알 고 계셨고, 최근 오륙 년간을 제외하면 대체로 기대에 순응하면서 그다지 충격이라고까지 하기는 어려울 만 큼의 변신과 변형만 시도하여 스토리를 펼쳐냈습니다. 가령 아까 말씀드린 마흔여섯 곳의 업체에서, 사람 마 음 다 그렇지요, 맨 처음에 히트 친 것 같은 거, 꼭 그런 거로 이야기를 써주기를 바랐겠지요, 일단 보증수표니 까. 그 동일하거나 유사한 액면가의 보증수표를 남발하 다가 작가가 어떻게 망가질지는 고려 범주에 포함되어 있지 않습니다. 설령 망가지더라도 '대체 불가능한' 작 가 같은 건 없다고 생각하거든요. 방향성 같은 얘기 빼 고 철저하게 콘텐츠 업계에 필요한 영역으로 한정한다 면 말입니다. 글쎄요, 저만 하더라도 우리 회사가 별로 여유가 없어서 작가 개개인에게 위험 소지가 다분한 다양성이나 다소 모험적인 변신을 추구하셔도 된다고 독려할 만한 형편이 아니었다면 그런 비슷한 청을 드렸을지도 모릅니다. 노장이자 명장인 외국의 뮤지션이 신곡들고 내한 공연을 왔는데 우리 아버지 어머니들요, 그 공연장에서 젊었을 적 히트곡을 불러달라고 합니다. 그러면 뮤지션은 이게 너무 오래된 곡이라, 무대에서 수천 번은 불러서 엊저녁처럼 머리에 멜로디가 들어는 있는데도 코드가 완벽하게는 기억이 안 나는 거예요. 황혼녘의 슈퍼스타가 그 하나의 곡으로만 먹고살아온 게 아니니까. 해서 뒷머리를 긁적이다가 기타를 내려놓고 무대 구석에서 악보를 찾아서 꺼내옵니다. 대중이 바라는 것이 그거라면 어떻게든 충족시켜줄 수 있는 아티스트를, 우리는 보통 선수라고 부르지요.

　S 선생님이 인연을 유지한 열네댓 군데의 업체는 아마도 과거의 보증수표에 대해 일체 언급하지 않았거나, 설령 보증수표를 바라더라도 최소한 티는 내지 않은 곳일 거라고 생각합니다. 그러나 정작 당신의 현실적인 상태나 바탕부터가 대체로 남들이 기대하는 바를 구현하는 데에 최적화되어 있다는 사실이 점점 분명해졌을 테지요. 그것에 대한 아쉬움이 늘 있으신 걸 저도 알긴 했

는데, 그건 엄밀히 말해 저희를 향한 게 아니라 당신 스스로의 역량에 대한 불만이니 저희가 어떻게 해드릴 수 있는 부분이 아니고, 설령 기량 문제를 떠나더라도 크리에이티브 업계 종사자 누구나 겪는 딜레마입니다. 제아무리 감각 있는 카피라이터나 창의적인 그래픽 디자이너라 한들 대부분은 광고주가 원하는 그림 안에서 결과물을 낸단 말입니다. 세상 누구든 안 그럴까요. 저도 어릴 땐 언론사를 가고 싶었지 이걸 하게 될 줄은 몰랐다고요. 지금은 불만이 아예 없다고 하면 거짓말이지만 우리 대부분은 인생 플랜 B만 채택되어도 행운인 시대를 살아가고 있다는 것 또한 사실입니다. S 선생님 정도면 객관적으로 보기에 플랜 A 중에서도 안팎으로 투 플러스를 성취한 톱티어에 가까운데, 그 상태에서 무언가 달리 더 이루어야 하는 일이 있다고 한다면 그건 좀… 배부른 얘기가 되지 않을까요? 하루에 수십 명씩 쏟을 만한 작가가 탄생하고, 광범위하게 잡는다면 전 국민 1인 1작가나 다름없는 마당에, '믿고 보는 스토리텔러'나 '타고난 셰에라자드' 같은 안정적인 포지션을 확보했다는 것만으로도 대단한 거 아닐까요?

　제가 아무것도 묻지 않고 가만히 있는 동안 선생님이

마음속으로 고민을 자체 종결하셨는지, '견디기 힘든 날들' 뒤로 이어 붙이시더라고요.

마다 여러분을 생각합니다

그렇게 선수다운 모습으로 마무리를 하셨습니다. 인생 뭐 중요하냐 싶게 다 내려놓을 것만 같던 문구가, 긍정 파워를 발산하는 문구로 변신한 거지요. 그런 식으로, 싫다는 티는 저희한테 다 내고서 결국 필요한 임무는 완수하시는 일이 늘었습니다.

가끔 아슬아슬하다 싶은 반응이 왜 없었겠느냐만 그래도 그동안 꾸준히 보여주신 책임감 같은 것들을 믿었기 때문에, 이렇게 문자 통보조차 없이 북 콘서트에 나타나지 않으셨다는 것은, S 선생님께 무슨 일이 생겼다는 뜻입니다.

이렇게 되기까지, 그동안 저희가 최악의 사태를 염두에 두지 않고 비교적 나이브하게 일하면서 리스크 관리를 하지 않았다는 점을 인정합니다. S 선생님께 가족이 있었을 때는, 가족의 비상 연락망 같은 것도 알아두지 않았습니다. S 선생님이 혼자가 됐을 때는, 친구나 지인이나 자주 이용하는 병원이나 센터에 대해 파악하지 않았습니다. S 선생님에 한해서는 그럴 필요를 느낀 적이, 20년 넘는 동안 저를 포함해서 아무도 없을 겁니다. 언론사에 모레까지 전달해야 하는 보도 자료 때문이라든지, 신작에 대한 각종 코멘트 요청, 자사 도서에 관한 추천 요청, 잡지 원고나 신인상 심사 의뢰나 그 어떤 것이든 메일을 보내면 수신 확인 후 한두 시간 내로 답장이 왔습니다. 어떤 사소하거나 난감한 내용이라도 임의로 스킵하지 않고, 미팅이나 강의나 다른 일로 회신이 어려울 때는 정확히 며칠까지 검토하여 제대로 된 답장을 하겠다는 한두 줄이라도 보내주셨습니다. 되면 된다, 안 되면 안 된다, 좋으면 좋고 싫으면 싫고, 마감이 늦는다면 언제까지 미룰 것이고, 혹여 마음이 바뀌어서 안 되겠다면 안 된다고 하는 것도 저희가 묻기 전에 먼저 말씀해주셨습니다. 신속 정확한 피드백이라는 게 저희 실무자들한테는 당연한 일이지만, 작가들에게서는 간간이 찾아볼 수 있는 미덕입니다. 상당수 작가들은 중요한 업무 메일이나 제안을 읽고 나서도 이쪽이 기다림에 속을 태우다가 사흘 뒤 유선으로 조심스레 리마인드를 하고 나서야 비로소 어 맞아 깜박했어요 그거! 하는 식으로 답해주는 게 보통이고, 그조차도 양호한 편입니다. 말도 없이 전화를 꺼버리고 잠수를 타면서 이제 돌아가기 직전의 인쇄기 앞에 대기 중인 실무자들의 똥줄을 태우는 것을 두고서, 각종 스케줄과 사회적 약속에 구애받지 않는 예술가적 자유로움의 기질이라고 여기는 작가들도 있으니까요.

그래도 북 콘서트 전날 오후에 한 번이라도 통화를 시도해보았더라면 좋았을 것을, S 선생님은 언제나 틀림없이 약속된 행사 일정에 맞추신다는 생각 때문에 제가 그걸 놓쳤습니다. 적어도 '컨디션은 좀 어떠십니까 내일 뵙겠습니다' 한 줄 문자 메시지라도 보내드렸다면, 그에 대한 답장 도착 여부에 따라 뭔가 이상하다는 낌새를 챌 수 있었을 텐데 말입니다. S 선생님은 '목이 좀 잠겼지만 괜찮습니다 내일 봅시다' 같은 답 문자를 반드시 보내는 성격이어서, 그게 오지 않았다면 최소한 언제부터 사라지신 건지 가늠이라도 할 수 있었을 텐데요.

제가 문자를 보낸 건 북 콘서트 당일 아침입니다. 선생님이 열차를 타셨으리라고 짐작되는 시간에 맞추어서요. '잘 오고 계시지요? 이따 뵙겠습니다' 그에 답장이 오지 않았을 때는, 이미 그것부터가 선생님의 평소 패턴과 달랐음에도 불구하고 순전히 저 자신의 불길한 예감을 다스리기 위해, 열차 안에서 주무시나 보다 하고 믿었습니다. 한 시간쯤 지난 뒤에는, S 선생님이 원래 의전을 챙겨달란 적도 없었지만 여러 버전으로 바꾸어 건넬 말이 딱히 마땅치 않아서 공연히 한 통을 더 보냈습니다. '역으로 마중 나갈까요?' 여기에도 답장이 오지 않아서 선생님께 무슨 문제가 생겼고 열차를 타지 않았을 것 같다는 불안이 거의 확신으로 바뀌었는데 본격적으로 움직인 것은 그로부터 두 시간 반 뒤, 열차 도착 시간이 다 되어서였습니다. 서른 번 넘게 재발신 버튼을 터치했지만 선생님은 전화를 받지 않았고, 이메일은 미확인 상태로 남아 있었습니다. 연락되지 않은 적이 단 한 번도 없던 사람이 어느 날 갑자기 연락되지 않을 때를 대비한 그 어떤 추가 연락처도 저희는 갖고 있지 않았기 때문에, 우선 북 콘서트의 주최 측과 사회자에게 프로그램 긴급 변경을 요청했습니다. 그나마 단독이 아닌 저자 세 명의 합동 콘서트여서 표 구매자들에게 일일이 콘서트 취소 연락을 넣지는 않아도 되는 게 불행 중 다행이었고, 사회자는 오프닝 때 S 선생님이 오늘 이 자리에 함께하지 못함에 대해 관객분들께 양해를 구하는 멘트를 넣기로 했습니다.

콘서트 자리의 진행과 후속은 미안하지만 과장에게 맡기고 나서 저는 교대 운전이 가능한 차장을 옆자리에 태우고 한밤의 고속도로를 달렸습니다. 차장은 열차 고객 센터에 연락하여 그 시각의 열차에 표를 구매하고 승차하지 않은 사람들이 있는지를 문의했지만, 고객 센터에서는 그런 미승차자들이 의외로 적은 편도 아니거니와 이미 정상 운행을 마치고도 시간이 꽤 지난 차량이라 금방 파악하기는 어려우니 내일 연락 주겠다고 대답했습니다. 차장은 그 시간대 전후로 S 선생님이 사는 지역에서 일어난 사건 사고가 없었는지 여러 키워드를 넣어 뉴스를 검색했지만, 지방 소도시다 보니 지진이나 화재나 연쇄살인이 아니면 포털 뉴스에는 뜨지 않을 것이었습니다. 비행기 사고라면 모를 리가 없고, 고속버스 사고도 날짜별 시간별 구간별 상세 검색을 해보았으나 결과는 나오지 않았습니다.

웬만해선 콘서트장에 남는 건 제 쪽이고 S 선생님을 추적하는 일은 과장이나 대리에게 맡겨야 했겠지만, 이것만큼은 왠지 제가 가야겠다는 생각이 들었습니다. 평소 트러블이 잦은 저자 같았으면 누굴 엿 먹이려고 말도 없이 안 나타나냐 나쁜 새끼, 마음속으로만 절규하고 다다음날 전화를 다시 걸어보거나 그조차도 그만뒀을 테지만, 이때는 찾아가서 집 문을 두드렸을 때 어쩌면 문을 따기 위해 119를 불러야 할 수도 있었고—119는 현관문 따달라고 존재하는 번호가 아닌 걸 압니다만 이번만큼은 그 문 너머에 응급 환자나 시신이 있을지도 모르니까요—남의 집 문을 딴 데에 대한 민형사상 책임은 모두 내가 지겠다는 말을 할 사람이 필요했던 것입니다. 안에서 무슨 사태와 마주하게 될지 모르는 자리에 젊은 사원들을 보낼 수는 없었습니다.

　그리고 문을 딴 결과는 아시다시피, S 선생님은 어디에도 보이지 않았습니다. 집 문은 구조대가 건드린 것 외에는 다른 외부 요인 없이 정상적으로 잠겼던 것이라 선생님이 직접 문을 열고 나섰을 것이며, 살림살이의 배열도 생활감 있는 정도라 할 만큼 평범하여 생을 정리했다는 느낌이 안 들었고, 휴대전화와 지갑은 보이지 않았으니 그걸 갖고 나가셨다면 일상적인 외출이었을 겁니다. 아파트 단지 안팎의 CCTV 확인 결과 본인의 차를 스스로 운전해서 나가신 것도 분명하고요. 마지막으로 가스레인지를 사용한 흔적은 북 콘서트가 있기 이

틀 전이라지요. 거실과 방에서는 소설에 관한 이런저런 구상 노트 외에는 유서 한 줄 발견되지 않았다고요. 제가 아는 S 선생님은, 유서를 쓰실 작정이었으면 진작 각 출판사들과 남아 있는 계약서부터 해지하고 채무 관계를 정산하셨을 겁니다. 그 채무 관계라는 게 제가 파악한 바로는 출판사 네 곳과 원고 계약을 체결한 선인세가 총 170만 원, 다른 두 곳에는 원고도 납품하고 책도 한참 전에 다 나왔지만 오디오북이라든지 웹툰 등 다른 분야의 콘텐츠와 새로운 방식의 결합을 기획했다가 선인세가 판매고로써 소진되지 않은 금액이 총 252만 원, 이 가운데 후자는 회사에서 일종의 투자를 하기로 작정한 초기 약정금이자 1쇄분의 선인세이기 때문에 그 부수만큼 팔지 못한 책임은 출판사 몫이며, 설령 계약 기간이 종료되어 출판권 설정이 해소되더라도 저자가 도로 토해낼 의무가 없는 금액입니다. 우리 회사 한 군데에서만 선인세로 500만 원을 땡겨간 다음 10년째 원고를 주지 않고 버티는 저자들이 몇 명이나 되게요. 그나마 콘텐츠 전성시대가 되어놔서 소설이고 에세이고 너무 뭐가 많다 보니 자잘하게 분산되는 바람에 일이백 안팎으로 웬만큼 얼버무려지고 정착된 거지, 1인 1작가

시대가 아닌 데다 한 타이틀에 5권 이상의 대하 시리즈
물도 종종 있던 예전 같으면 에헴 하고 목울대에 힘을
주는 저자들이 초고 한 줄 없이 유수의 문학상을 여럿
수집했다는 근거만으로 출판사에서 선인세를 1천만 원
이상 타가기도 했습니다. S 선생님이 예전에 누린 명성
에 비해 선인세가 보잘것없는 까닭은 당신이 공공연하
게 말씀하고 다니신바, 언젠가 글쓰기가 더는 불가능하
다고 느껴지는 날이 오거나 여하한 불의의 사태로 글쓰
기가 실제로 불가능한 날이 올 것인데, 그런 때 반환하
고 털어버리기 쉽도록 약소한 규모여야 한다는 것이었
습니다. 그 정도로까지 남들한테 빚지기를 결벽적으로
꺼리던 사람이 말도 없이 사라졌는데, 이걸 실종 사건이
아닌 단순 가출로 보아야 할 이유가 저희에게는 없는
겁니다.

입수하신 신경과 진료 차트 내용은 저희에게 알려주
지 않으셔도 됩니다. 한 작가의 상태를 파악할 때 저희
는 어디까지나 원고로 판단합니다. 일반적인 수준의 진
료 이상으로 신경계 문제가 있으셨다면, 북 콘서트 일정
이 잡히기 전에 원고에서 이미 티가 났을 겁니다. 그보
다는 원고가 아예 입고되지 않았을 가능성이 더 높고요.

그러니 저희 같은 사람들에게는 바로 지금, 가장 최근의 원고가 어땠는지가 중요합니다. 구상 노트들을 포함해서 컴퓨터 본체를 경찰 쪽에서 다 떼어가셨으니, 윈도 암호를 푸신 다음에는 부탁드리건대, 최근 검색어가 뭐였는지 기록을 조회해보시는 것보다는, 마지막으로 수정된 집필 도중의 원고를 읽어보시는 게 도움이 될 겁니다. 작가들의 최근 검색어는 글을 쓰는 데 필요한 자료를 찾는 게 대부분이라 수사에는 유용하지 않을 겁니다. 예를 들어 추리소설가의 최근 검색어는 독약이나 노끈이나 실혈량에 물속 한계 시간 등 온통 범죄 관련 내용일 테고, 그 작가가 실제로 범죄에 연루되어 있는지를 파악하는 데에는 도움보다 방해가 될 가능성이 큽니다.

마지막 원고가 무엇인지 하드디스크에서 나오는 대로 제게도 알려주실 수 있다면… 거기에 더해 읽게도 해주신다면 좋겠습니다. S 선생님이 모습을 감추기 직전에 무슨 생각을 하고 계셨을지, 집필 중이던 원고가 선생님을 사라지게 만드는 데에 얼마큼의 영향을 미쳤을지가 저도 궁금하군요.

—

　자네라면 아마 그리 진술할 거라고 생각하네. 정중한 듯하면서도 거침없이 때로는 신랄하게, 창의적이면서도 디테일한 서사의 덧살을 대어가며. 자네의 이야기 속에서 묘사되는 나는 상당 부분 나와 가까울 테지만 완전히 나와 일치하는 존재가 아닐 것이며, 무엇이 상상이고 실제인지를 분별하여 줄거리를 따라감으로써 작의와 주제 의식을 요약하려는 오래된 관습을 방해하는 인물이겠네. 그런데 우선 이와 같은 자네의 목소리는 내 소설의 일부일까, 혹은 환청일까. 자네는 실재하는 인간인가, 혹은 자네 존재 자체가 나의 고립감이 빚어낸 인물인가. 나는 소설을 쓰고 있는 걸까, 아니면 시작과 끝을 잃은 이터널 브리지 위에서 영원히 죽어가는 중일까.

얼마나 시간이 흘렀는지 이 직선 혹은 폐곡선 안에서는 알 길 없지만, 만일 나를 제외한 모든 시간이 평소같이 움직이고 있다면 필시 나는 죽었을 테고 지금쯤 북 콘서트가 끝나버리고도 남았을 성싶으니, 나의 행방불명에 대해 자네가 관계자분들께 설명할 모습이 눈에 선하네. 여기저기 머리를 숙이게 만들어서 미안하네. 처음에는 다소간 패닉에 사로잡혔지만 그 자리에서 전율하거나 머리를 쥐어뜯으며 울부짖는다 한들 누구에게 닿을 것 같지 않았고, 예정이 이미 틀어졌으리란 생각에 미치자 지극히 평화에 가까운, 그러나 이름은 포기라고 표기되는 마음으로 나는 계속 걸었네. 어떤 도착점이나 이정표나 사람이나 개와 고양이 들을 찾지 못한 채로 걷다 지치면 가끔은 그 자리에 드러누워 눈을 붙이며. 손에 만져지는 바닥은 직전까지 걸어오던 다리 이외의 것이라고 생각할 수 없는 색깔과 질감이었지만, 아무리 걸어도 홀로그램 바닥이 더는 나오지 않는 걸로 보아 다리 위가 아닐 수 있겠단 생각도 들었네. 거대한 원 안을 끝없이 순회하는 감각. 사방으로 열려는 있지만 개방감이나 자유로움과는 거리가 먼, 기하학과 천문학의 현실로 규명되지 않는 공간. 파스칼이 말했던가, 이 무한한 공간의 영원한 침묵이 나를 두렵게* 하네. 그런 가운데 눈꺼풀을 닫고서 내가 꾼 것은 정말 꿈이었을까. 그렇다면 그것은 꿈속의 꿈인가. 이터널 브리지는 내 심부의 상태를 반영하는 하나의 이미지일 뿐 실재하는 다리가 아니며, 그걸 건너기 위해 그 위에 올랐다는 것부터가, 깨어나지 못할 꿈이나 착각의 일부였을까. 그 이전에 북 콘서트에 가기로 된 예정이라든지 일껏 예매한 열차를 타지 못했다는 것부터가 꿈인가. 나는 언제나와 마찬가지로 잠자리에 들었을 뿐이고 다시 깨어나지 못했을 뿐이 아닌가. 가족이 제 갈 길로 떠나 1인 가구 생활을 시작한 뒤로 나는 언제고 이런 순간이 올 것을 염두에 두곤 했네. 아무런 예고나 징조 없이 이튿날 눈을 뜨지 못하여, 그런 자연사는 일반적으로 축복이라 하나, 여하간 일정에 차질을 빚음으로써 나를 믿거나 혹은 나를 기다린 이들을 난처하게 만드는 순간이 언젠가는 오리라. 실상 내가 있든 없든 그 순간의 당혹감과 손실만을 모면하고 나면, 내가 앉은 의자부터가 언제 누구의 자리로 갈아치워져도 이상하지 않음은 물론 나의 존재나 나의 일이라는 것 또한 바다에 흘린 한 개의 동전에

* 블레즈 파스칼, 현미애 옮김, 『팡세』, 을유문화사, 2013, 116쪽.

불과할 만큼 세상은 더없이 젊고 유능한 데다 아름다운 이들로 흘러넘침에도, 그동안 지상에 나를 붙들어놓은 것은 오로지 조그마하고 개별적인 약속이며, 나는 그 순차적인 이행과 나날의 모면에서만 살아갈 의미를 포착해온 것처럼 생각하곤 했네.

내가 죽지 않았다는 전제하에, 어쩌면 지금 이 상태는 그동안 품어온 우려 가운데 한 장면이 형상화되어 나타난 것일지도 모르지만, 나로선 이곳에서 벗어날 방법을 모르겠네. 다수의 영웅 서사 판타지에서 자신을 가둔 이런 공간을 클리어하는 과제 요건이라면, 아마도 특별한 무기나 수호부 아니면 조력자를 획득한 다음 내면의 두려움을 극복하여 떨치고 일어서는 거겠지만 내 두려움은 괴물 용이나 악의 세력 같은 구체적인 대상을 향한 게 아니니 물리적으로 물리칠 길도 막연하거니와, 그보다 두려움이라는 거… 그거 꼭 극복해야 하는 거라고 누가 정했나? 무언가를 반드시 극복해야 한다는 관념도, 알고 보면 극복이라는 행위에 대한 집착이지 않은가. 그보다도 개개인이 자신 앞에 놓인 어려움을 극복한다면 사회적으로야 더할 나위 없이 건강하고 유익하겠지만 그런 무균실의 사회가 세상 어디 있던가. 우리는 좋은 것, 아름다운 것, 그럴듯한 것, 보편의 인준 같은 명분을 타인에게 쉽게 들이대곤 하네. 환난의 극복을 종용하고 그것을 성공적으로 해내지 못한 이들의 부족한 의지를 손가락질할 때도 있네. 두려움을 떨쳐낸 영혼의 용기와 성취는 분명 다수의 이들에게 감동을 주고 본보기가 될 테며 사람들은 그거야말로 이야기의 진정한 힘이자 어쩌면 의무이기까지 하다는 찬사를 아끼지 않겠지만, 그렇다 하여 그것이 끝내 나약하고 비겁한 영혼이 버림받거나 죽어 마땅함을 뜻하지는 않고, 나는 도대체가 이야기에 진정한 힘이니 의무란 게 있는지부터 의문이라네. 이야기의 범주를 어떻게 잡는지, 이야기는 무엇으로 이루어져 있는지, 우리는 당최 어떤 걸 두고 이야기라고 부르는지는 일단 제쳐두고 말일세.

　이야기라고 하니까 문득, 이 공간에 빠지기 전… 그러니까 이것이 현실이라면, 이터널 브리지에 오르기 전에 마지막으로 발송한 이메일이 생각나는군. 자네 회사일은 아니고 신규 출범하는 업체의 제안서에 대한 답장이었네. 맨땅에 헤딩은 아니고 모체가 있는, 정확하게는 모기업이나 상위 브랜드라고 해야겠지만 그건 내가 잘 모르는 영역이지. 옛날에는 신규 출판사에서 기획서

와 원고 제안서를 보내오면 작은 오피스텔에서 첫 발을
떼는 대표의 의지와 포부와 조바심 같은 것을 다소나마
그려볼 수 있었는데, 지금은 신규라고 해도 기존의 공
룡 엔터테인먼트 제작사와 합작거나 대기업의 출자
를 받거나 하나 보네. 자네 회사만 해도 창사 때나 출판
사였지, 언제부턴가 IP 전략 사업부를 사내에 따로 두더
니 이제는 조만간 종합 매니지먼트 기획사로 탈바꿈할
계획이 있는 것 같던데 아닌가? 그러기 위해 언제고 영
화나 웹툰으로의 변환이 가능한 소설을 쓰는 작가들을
대거 영입하기에 혈안이 되어 있지 않았나. 에세이도 서
사의 살만 조금 더 붙이고 새로운 인물을 창조하여 화
자로 삼아서 얼마든지 이야기로 만들곤 하지. 실은 그거
엔간해선 미셀러니 아닌가. 미셀러니라는 말이 교과서
바깥에서는 실종된 지 오래고, 서점가에서는 구분 없이
전부 에세이라고 부르지만.

　어쨌든 무슨 기업에 속한 어디 제작사 아래의 수많은
하위 사업 본부 가운데 하나인 그 출판사에서 나한테
보내온 이메일의 요지는 이러했네. 소설을 원작으로 삼
아 콘텐츠를 개발하는 시대는 갔다. 이제는 그 역의 관
계를 중심으로 사업을 펼쳐나가야 한다. 처음부터 영화

화를 목적으로 하는, 새롭고 강력한 콘텐츠가 있는 이야기를 한 권 집필해달라. 지금까지 영상화 판권만 팔고 지지부진하다가 엎어진 원작 소설이 몇 편이냐. 우리와 책을 출간할 때는 출간 계약서는 물론 원한다면 2차 저작권 계약서—영화를 기본으로 하여 시즌제 드라마, 연극, 뮤지컬, 웹툰, 애니메이션, 각본집, 설정집, 악보집, 게임, 각종 굿즈를 포함하는—까지 동시에 쓸 것이고, 우리 그룹과 연계한다면 최소한 영화화 전망은 기본적으로 밝다고 할 수 있다. 이 과정에서 작가의 권리를 보호하고 최대한의 수익을 누리게 할 것이다. 지금은 어떤 신작 소설이 한 권 출간되면서 출간 즉시 영화 판권 계약!이라고 띠지를 두를 때면 그게 드물고도 각별한 일이라는 뜻이지만, 우리와 출간 계약을 하면 그런 광고 문구조차도 필요하지 않을 만큼 당연한 보통의 일상이 될 것이다. 데뷔 이후로 줄곧 독특한 상상의 세계와 매력적인 캐릭터를 구축해온 당신이 이 기획에 합류해준다면, 우리에게도 힘이 되겠지만 무엇보다 당신에게 큰 이익이 될 거라고 확신한다.

　우선 콘텐츠 기업이라는 형태의 회사가 수없이 생겨난 뒤로 이런 제안 메일을 받는 게 처음은 아니었기 때문에, 나는 재작년쯤 또 다른 회사에 회신한 메일을 찾아냈네. 이 회사에도 그 내용과 별로 다르지 않은 답신을 보내기 위해 참고할 생각이었지. 과거 메일을 열어보니 이렇게 대답했더군. 제 소설을 누군가가 잘 읽어주셔서, 어쩌다 인연이 좋게 닿아 영화나 드라마로 만날 수 있다면 반가운 일입니다만 선후 관계를 바꿀 의향은 없습니다. 예술 장르는 저마다 변곡점을 갖고 비선형으로 움직이다가 어느 순간 교차점을 지나기도 하기에, 소설을 썼는데 그것이 우연히 한 곡의 노래나 한 폭의 그림이 되었다는 식으로 다른 매체가 되는 경우는 언제든 환영하겠습니다. 그러나 애초에 다른 매체로 만들어지기 위해 그것의 원재료가 되는 소설을 쓴다는 건 제가 지향하는 글쓰기와 맞지 않습니다. 문학은 기본적으로 생산성 있는 행위와 거리가 멀다고 느끼며, 다양한 진열장에서 파츠를 뽑아 조립할 수 있는 아이템이 아니라고 판단하기에, 귀사에서는 아마도 저의 초기작을 보고 연락 주셨을 것으로 생각되오나 현재의 저는 구체적인 형태가 없는 혹은 윤곽마저 잃은 카오스의 덩어리, mass로서의 글쓰기, 장자가 말했듯이 있는 거라곤 아무것도 없는 곳無何有之鄕 같은 느낌의 글쓰기를 바라기에… 기대에 부응해드리지 못하여 송구합니다… 나는 내킨다면 수신자와 업체명만 갈아 끼워다 예전 메일을 그대로 드래그 복사 붙이기를 할 수도 있었네. 그러나 그날따라 솟구친 이유 없는 악의가, 심호흡을 할 때마다 폐 안에서 부풀어 올라 흉곽을 압박하지 뭔가. 사람이 늙어 세상 떠나기 전에 별 헛짓거리를 다 하고 남들을 못살게 굴면, 그 불편하고도 못난 기행을 보고 딱하게 여기는 누군가가 저거 노망났구나 대신 이리 말하지 않던가, 저 양반 저거 가기 전에 정 떼려고 저러는구나. 그런 것처럼 그 이튿날이 되기가 무섭게 이터널 브리지 위에서 오도가도 못하는 신세가 되려고 그랬는지… 선하고 양지바른 세상과의 인연을 잘라내고 홀로 될 예정이었는지, 예전 같으면 상상도 한 적 없는 불친절한 워딩으로 답장을 보냈네.

판매용 콘텐츠가 필요하신 거라면, 충분한 딥 러닝을 거친 인공지능한테 소재와 상황과 주제와 인물을 입력해서 필요한 이야기를 뽑아내라고 하시기 바랍니다.

회의 결과에 따른 제안서를 보냈을 뿐 내게 아무런 잘못도 하지 않은 담당자에게, 이런 답장으로 퉁바리를 놓았네. 수신 확인을 했는지, 잘 알았다든지 그만 됐다든지 추가로 회답이 왔는지는 알 수 없네. 이 공간에서는 에어플레인 모드를 활성화했을 때와 마찬가지로 휴대전화가 먹통이더군.

이미 인공지능은 나를 포함하여 과거 베스트셀러 작가들의 문체 특성까지 모두 학습하여 데이터베이스화했을 것이네. 한때는 인공지능 콘텐츠 개발 회사에서 작가들에게 접촉을 시도할 거라는 소문도 있었다지. 인공지능이 콘텐츠를 생산할 때 작가 고유의 문체를 사용하여 모델링해도 좋다는 계약을 맺기 위해서. 비록 이 문체가 정말 이 작가만의 것이라고 누가 장담할 수 있느냐, 저 작가도 그런 식으로 쓰고 그 작가도 자주 쓰는 말이 그건데 그럼 누구한테 사용료를 지불할 거냐 같은 문제가 걸려서 아직 구체화 논의는 없었다고 아네만, 우리 모두가 콘텐츠의 무한 생산이 가능한 인공지능의 유령 작가가 되어 문체 대여 사용료나 받아먹으면서 사는 날이 언젠가 올지도 모르지. 이미 그런 일이 기술적으로 가능한데, 어째서 아직도 뒷방의 구닥다리에게 원고를 의뢰한단 말인가?

나에게 큰 이익을 주고 싶어 하는 담당자분의 메일에는 이런 추신이 붙어 있었네. 당신의 그 소설, 영화로 감명 깊게 보았습니다. 그런 작품을 또 보고 싶은 마음이 간절합니다. 그 세계가 우리 회사에서 발아하기를 바랍니다. 간절히 보고 싶다는 것이 내 소설인지 그걸 원천소스로 삼은 영화인지가 명시되어 있지 않았지만 어느 쪽인지 묻지는 않았다네.

오랫동안 무수한 편집부의 젊고 패기 있는 담당자분들이 내게 무언가 글 한 줄 이상을 청하는 메일을 보내올 적에, 서두를 그와 같은 방식으로 시작하곤 했네. 우리끼리는 다 아는 얘기지만, 그건 내가 당신을 알고 당신의 소설을 읽었다는 좋은 인상을 주어 성공적인 원고 계약 체결로 유도하기 위한 접근 방식이지. 제가 당신의 첫 책을 태어나 처음으로 제 돈 주고 사서 읽었고 그때의 감동과 흥분이 아직도 남아 있는데 그 순간을 다시 한번 느껴볼 기회를 주시기 바라 마지않습니다. 저는 작년까지 학생이었는데 졸업하기 전 당신의 첫 책을 학교 도서관에서 보았고, 얼마나 많은 사람이 만졌는지 양장본의 표지가 거의 닳아 없어져서 제목이 보이지 않을 정도라 깜짝 놀랐습니다. 비록 남들보다 한참 늦은 만남이었지만 홀린 듯이 대출하여 앉은자리에서 단숨에 읽어버렸고, 표지가 닳아 없어진 이유를 이해할 수 있었습니다. 이번에도 표지가 너덜거릴 때까지 사랑받는 책을 만들고 싶습니다… 그런 비슷한 요지의 제안서가 속속 도착하던 가운데 자네가 도서출판 스키퍼즈 아닌 다른 곳에서 일하던 젊은 시절, 내게 원고를 의뢰하면서 보낸 메일은 나의 첫 번째 책이 아니라 그 무렵의 최근 발표작들 세 편에 대한 분석에 가까운 리뷰로 시작하고 있었네. 이미 당시에 거래처를 더 늘리기가 쉽지 않은 상황에서 자네의 의뢰를 수락한 계기는 오로지 그뿐이었네.

그런데 그때만 해도 각 출판사와 플랫폼에서는, 자네처럼 센스 있게 최근작을 언급하든지 아니면 추억 속 어느 갈피에 끼어 있는 첫 번째 책만 마르고 닳도록 붙들고 늘어지든 간에, 최소한 글에 대해서 말하고 있긴 했네. 지금 새로운 시대의 담당자분들은 그것을 원작으로 만들어진 영화에 대해 이야기하는군. 아무리 분야 간 융합이 활발한 환경에서 설립된 콘텐츠 제작사의 하위 사업국이라고 해도 일단은 영화사 아닌 출판사에서 온 메일인데, 이제는 이미지와 텍스트 간 최소한의 장 구분조차 희미해졌나 싶네. 혹여 그게 바로, 문화 산업을 장려한다면서 그토록 강조하던, 경계를 넘나든다는 건가?

—

그러니 다시 새삼스레 돌아와, 이야기란 무엇인가. 4반세기에 이르도록 한순간의 공백도 없이 이야기를 선보이는 동안 해결하지 못한 질문이라네. 하긴 그 질문이 해결된다는 것은, 더는 어떤 이야기도 내놓을 필요가 없어진다는 말과 같지 않을까 하네.

그런 본질에 앞서 나의 이야기에, 선보인다는, 박람회나 패션쇼에서 쓸 법한 우아한 동사를 붙여도 되겠나. 그나마 중립적인 말로라면 이야기를 뽑아내고, 내지르고, 품위 없는 말로라면 이야기를 까고, 싸고, 그렇게 표현하는 게 정직하지 않겠나. 그렇게 내가 깐 이야기는 세상 여기저기로 굴러가다 어느 모서리나 기둥에 부딪쳐 산산조각 나선 자위 간 경계를 잃은 점액질로 말라붙어가든지, 혹은 내가 싼 이야기는 세상을 둘러싸고 흐르는 이야기의 똥물 한가운데 뒤섞여 누가 썼는지 구별할 근거도 까닭도 없이 함께 강이 되어 흐르든지, 그렇게 보아야 하지 않겠나.

지금 나의 이 이야기가 자네 회사든 다른 어디서든 간에 한 권의 책으로 묶여 나온다고 가정했을 때, 서점과 언론사에 배포될 기초 보도 자료가 어떤 문구로 시작할지 나는 어느 정도 예상할 수 있네. 출판사와 저자 정보 다음으로 이어지는 보도 자료 상단에서는, 보통 이 책이 '어떤 이야기인지' 알아보기 쉽게 줄거리부터 소개하잖나. 예전에는 그 문단을 시놉시스라고 많이들 불렀는데, 소설을 두고 왜 줄거리나 개요가 아닌 시놉시스라고 하는지 그때도 살짝 의문이었네만, 요즘은 시놉시스조차도 길고 번거로운가 보네. 벌써 10년 전인가, 기자분들이 바쁘게 인터뷰를 하시느라 만날 틈 없이 전화로 이번 책의 로그 라인을 들려달라고 하기에, 나로선 처음 들어보는 말이지만 대충 어림짐작만 했는데 찾아보니 한 줄로 요약된 줄거리라고, 시놉시스가 그렇듯이 역시 영화나 드라마 현장에서 쓰는 말이라고 나오더군. 다만 이제는 게임과 웹툰과 소설 등 서사를 지닌 콘텐츠라면 어디라도 두루 쓰인다고 말이네.

그런데 한 줄로 요약되는 이야기라면 그냥 처음부터 서로의 시간과 가성비를 위해 한 줄을 쓰고 끝내지 뭐 하러 한 권씩이나 쓰고 자빠지겠나. 그건 내 두 발로 구태여 긴 다리를 걸어 건너는 수고를 감수하지 않고 이 뭍에서 저 섬으로, 날아서 바다를 건너뛰자는 격 아닌가. 한편 두 줄 이상 넘어가는 시놉시스라고 해도 언제 어디에든 적용할 수 있는 건 아니네. 세상 모든 소설에 기승전결이 갖춰진 이야기가 있어야 한다는 법은 누가 만들었나. 선명한 로그 라인이나 시놉시스로 요약되지 않는 글, 이용자에게 신속 정확한 내비게이터가 되어주지 못하는 글, 심지어 목적지가 어딘지가 애초에 중요하지 않은 글은, 이야기라고 부를 수 없단 말인가?

그래서 아무튼 이 이야기의 보도 자료, 당최 이런 이야기에 시놉시스가 소용이 있는 걸까 의심스럽더라도 전달을 위해 어떻게든 만들어야만 하는 시놉시스의 첫 줄은, 이렇게 시작하겠지. "여행을 떠난 중견 작가가 실종된다." 혹은 약간의 시선을 붙들기 위해 사람들 내면의 욕망을 자극하고자 한다면 "성공 가도를 걷던/남부러울 것 없던 중견 작가가 잠깐의 휴식차 여행을 떠난 곳에서 실종된다." 자네도 인스타에서 자기도 모르게 클릭하는 사진이 보통은 모던한 테이블보 위에 세련되게 플레이팅한 요리나 흔히 보기 어려운 장엄한 풍경 아닌가, 그 요리와 여행지 너머에 존재하는 사람의 생활수준을 웬만큼 짐작게 하는. 알고 보면 네모 화면 밖의 현실이 참혹하더라도, 화면 안의 아이템에 치른 비용은 무시할 수 없는. 그러니 연식만 오래되고 그다지 알아주지 않는 작가보다는 인정받거나 유명한 작가인 편이 시선을 잡아채기가 낫겠지. 어쨌거나 시놉시스의 그다음 문장이 "편집자는 사라진 작가의 마지막 흔적을 좇기 시작한다"라면 후반부 가서 어떤 식으로 김이 빠지든 간에 일단은 미스터리 소설로 분류되는 거고, "편집자는 사라진 작가에 대해 제3자인 수사관에게 진술하면서 출판문화의 실태를 털어놓는다"라면 지금처럼 용도와 재미를 일견에 파악하기 힘든 이야기가 나오는 거지.

이때 보통들 말하곤 하는 좋은 이야기, 흥미로운 이야기, 독자를 빨아들이는—소설의 최우선 요건이 진공청소기 같은 흡입력인지는 역시 내 오랜 의문이지만—이야기가 되기 위한 필수 요소가 뭔가. **강렬하고 매력적인 캐릭터**라는 게, 거의 공식 또는 정답인가 보더군. 그래서 어떻게 해야 빠른 시간 안에 강한 인상을 남기면서도 재미있는 캐릭터를 조형할 수 있는지, 시중에는 그런 방법을 다룬 작법서들이 이미 한 트럭은 넘게 나와 있나 보네. 십수 년 전 얼떨결에 은사님의 요청으로 한 학기짜리 창작 강의를 맡으면서 그중 한 권을 훑어본 적은 있네만, 한 명의 사람을 만들어내는 일에 무슨 요령이 있고 비결이 있겠나 싶어 한 학기 만에 그만두었네. 글 자체만큼이나 사람 또한 조립식이 아니지. 인물 조형 레시피라는 게 있을 수 있나. 설령 있다 하더라도, 사람을 만드는 자가 사람의 양심과 양식을 갖고서야 그렇게 할 수 있나. 그런 레시피에서 강조하는 대로 잘 팔릴 법한 인물, 살아 움직이는 듯 생생한 캐릭터를 만든다 하면, 글쎄 어떨까, 지금 이 소설 속의 '실종된 작가'는 얼굴에 큰 상처가 있든지 그 상처에 얽힌 트라우마가 있든지, 함께 일하는 사람들에게 안하무인을 일삼거나 괴팍하거나 변덕이 끓어 잠수를 타버린다든지, 아무튼 무언가 중대한 결핍을 지닌 인물이어야겠지. 이야기란 으레 결핍으로 시작하며 문제를 해결하는 과업의 과정에 다름 아니라고 간주한다면 말일세. 그런데 언젠가부터 이렇게 남들에게 실무적 일상적으로 민폐를 끼치는 캐릭터가 또 잘 안 먹히지? 어떤 이들은 이야기 속에 등장하는 답답하고 무능력한 조연을 비난하는가 하면, 타인에게 무례하고 지저분하며 인간으로서의 결함이 심각한 주인공이 마치 현실에 존재하여 한창 사회적 물의를 일으키는 중인 양 분노하다가, 작가가 균형감과 윤리 의식을 상실하고 인물의 행위에 정당성을 부여하는 데 급급해서 그에게 합당한 처벌을 하지 않는다는 판단에 이르러서는, 중도 하차를 하거나 구독 취소 버튼을 클릭하지. 영화라면 정지 버튼을 누르고 다음 영화를 검색할 테고. 단지 이야기일 뿐인데, 지금 같아선 세상 모두가 콘텐츠로 이루어진 까닭에, 콘텐츠와 현실의 경계가 모호해진 모양이니 말일세. 현실에서 뭔가 제대로 된 응징이라는 게 없다 보니 이야기에서 그걸 찾고자 하는 마음 자체는, 인류가 이야기라는 양식을 누리기 시작했을 때부터 있어왔고.

그렇다면 '실종된 작가'라는 캐릭터로 어떤 사람이 적당하겠나. 어떤 사람이 좋겠는가 혹은 어떤 사람을 내가 원하는가, 같은 말이 아닌 어떤 사람이 적당한가,라는 다소간 무던한 양보의 뉘앙스에 집중할 필요가 있네. 상처에도 불구하고 다정하고 활달하며 건강한 사람을 기본으로 하여, 그러나 가끔 핀트가 나갈 때면 돌변

하거나 툭 쓰러지는 사람 정도로 가벼운 임팩트를 하나 얹어주면 되려나. 결단력 있고 지지부진하지 않고 아주 가끔만 결정적인 순간에 실패하는 사람. 뭐든 간에 읽는 이를 피로하게 만들지 않는 사람. 이야기의 시원시원한 급물살에 걸림돌이 되지 않고, 감정적 스트레스를 주지 않으며 설령 어딘가 부족한 구석이 있거나 성격이 원만하지 않더라도, 총체적으론 그를 따라 읽는 내 심리와 정서가 안전지대에서 크게 이탈하지는 않겠다는 믿음을 주는 캐릭터에게, 많은 사람이 공감하는 모양이네. 쉽고 빠르게 이입이 되는 인물을 추구하는 경향이 대세인가 보더군. 그와 나 사이에 통하는 게 있고 동질감이 느껴져야 한다는 걸세. 그런데 동질감을 느끼기 위한 요건이 뭐겠나. 사람은 보통 자기 자신이 최악의 철면피라거나 은혜도 분수도 모르고 이해 불가의 행동만 골라 하는 인간이라고는 생각하고 싶어 하지 않는 법이거든. 어디까지나 나와 비슷한 정도, 최소한 자기가 감당할 수 있는 정도라고 해야 할까, 자신이 규정하는 인간성의 마지노선이 투영된 인물을 보고 싶어 하게 된 건, 어찌 보면 자연스러운 현상이기도 하네.

　그런 방법적인 문제를 떠나, 이 소설 속의 인물은 그

런 성격상 혹은 배경상의 두드러진 특징을 보유하지 않았고, 그리하여 이 이야기는 **독자를 끌어당기는 인물**이라는 요소 자체를 적극적으로 취하지 않음을, 그럼에도 불구하고 이것은 어디까지나 이야기라고 주장하겠네. 도대체가 인물 배경 사건이라는 게, 그것들을 아우르는 플롯이라는 게… 이 다리 위에서 영원히 헤맬지 모를 나한테 그런 게 중요할 것 같나.

—

그리하여 나의 이야기가 이터널 브리지 위에서 저물어가는 지금, 이 이야기 속에 어떤 명료한 해결도 비책도 없음은 물론 누군가에게 썩 괜찮은 비전을 제시하지 않은 데다 진중한 메시지도 주제 의식 따위도 무엇 하나 없다는 사실을 한번 인식하고 나니, 비로소 마음에 한 줄기의 평화가 스며들려고 하네. 내가 이십여 년을 찾아 헤매던 것은 어쩌면 지금 이 감각에 불과했을지도 모른다는.

그러면 지금 이것은 수십만 개의 자음과 모음으로 이루어진 껍데기인가. 고작 이런 결말을 보기 위해 여기까지 붙들고 온 게 아니라며, 화를 내다 원고를 덮을 텐가. 자네는 지금까지 이야기의 정석이라 할 만한 패턴을 무수히 복습해왔을 걸세. 실종된 작가는 알고 보니 이터널 브리지를 진작 다 건넌 다음 한갓진 수풀의 나무 그늘에 누워 긴 꿈을 꾸고 있었을 뿐이고, 편집자는 게으른 작가를 찾아내어 손목을 잡아 일으키고, 두 사람은 더할 나위 없이 견고한 현실로 돌아가고, 에필로그 한 장을 추가한다면 작가는 쓰다 만 소설에 손대어 다음번 소설은 이런저런 띠지를 두르고 어찌저찌 반응을 얻고 한차례 스킵했던 북 토크를 다시 열고… 같은 결론이 있어야 할 것 아닌가. 그 같은 훈훈하고 긍정적인 결론이 내려지지 않는다 할지라도, 그래서 당신은 **도대체 무엇을 말하고자 하는가**에 대한 대답은 있어야 할 것 아닌가. 그것이 숨 가쁘게 책장을 넘기며 따라온 이들에 대한 최소한의 예의이며 이야기의 상식이다! 이야기하기란 수많은 이가 밟고 지나가 누구의 자취인지 알 수 없게 되어버린 눈밭의 술렁임 한가운데서, 꼭 노리던 사냥감의 족적을 포착하여 그것을 따라 숲으로 들어서는 일이며, 작자는 그 족적이 **그래서 결국 누구의 것이었는지**를 알려줄 의무가 있다!

　이야기 바깥의 작가가 어떻게든 상상력을 발휘하여 여러 가지 패턴으로 변주한다고 해도, 그 가운데 독자들에게 제일 환영받지 못할 결말이란 바로 지금과 같은 것이겠지. 실종된 작가가 차라리 이터널 브리지에 영원히 갇혀 사라져버렸다는 결말이라면 쓸쓸하든지 착잡하다든지 그런가 보다 하며 아쉬움으로 마무르기라도 하겠는데, 사라졌는지 돌아왔는지를 밝혀주지 않는 것. 끝에 가서 작가가 살아는 있는지, 그게 아니라 지금 이 이야기 전체가 죽은 자의 목소리인지를 속 시원히 누설하지 않는 이야기. 이터널 브리지는 존재하는지, 자네는 실재하는 인물인지 내 상상 속 누군가인지, 그 이전에 일단 작가가 처음부터 이야기 속에 존재하는 인물인 건 맞는지, 어디까지가 현실이며 어디부터가 환각인지 실선을 그어 구분해주지 않는 이야기. 아쉬운 대로 충족과 보람을 얻거나, 개운한 마음으로 책장을 덮고 이야기 바깥으로 나갈 수 없는 이야기. 이터널 브리지라니 그것이 당최 무엇을 상징하는지, 그것이 실종된 작가와 어떤 유기적인 관계가 있기라도 한지 따위의 정보를 주지 않는 이야기. 무엇보다도⋯ **그래서 도대체 어쩌자는 것인지** 말해주지 않는 이야기. 내가 찾던 이야기라는 것의 정체는 숱한 전투를 통해서도 결국 탈환하지 못한 국경 너머에 존재하는 것 같네. 나는 자신이 설계한 라비린토스에 갇힌 다이달로스가 되어, 날개라는 치트 키도 없이 그처럼 무용한 이야기의 다리 위에서 헤매기를, 스스로 선택하여 여기까지…

　…싶을 때 가느다란 웃음소리가 멀찍이서 들려오는 듯하여 몸을 일으켜보니, 저만치 앞에 세 사람이 걸어가고 있었네.

　왠지 모르게 셋 다 낯이 익어, 홀린 듯 쫓아가서 들여다보려던 일행 말일세. 그들을 붙잡으려다가 내가 오히려 붙들려서 이 지경이 된 것인데, 그들도 설마 나와 같은 공간에 빠져버린 걸까. 그보다는 이 공간 자체가 그들로 인해 생겨난 것이며 그들이 다리 위의 세 악마라고 보는 게 합리적이겠지. 혹은 죽음의 무도 벽화에 그려진 세 명의 죽은 자들인지도 모를 일. 무엇이 됐든 개미 한 마리 보이지 않던 공간에 무언가가 다시 출몰했다는 사실만으로도 일어나 걸을 이유, 그들을 쫓아갈 이유는 충분했네. 어떤 희망도 전망도 없이, 이곳에서 벗어날 수 있으리라는 믿음 같은 것 없이, 아무리 발을 동동 구르고 전력 질주해보았자 나는 제논의 역설대로 저들에게 닿지 못할 것이고 저들의 얼굴을 확인할 수 없으리라는 예감만을 가진 채 언제까지나, 그럼에도 불구하고 앞에는 그 어떤 벽에도 가려지지 않은 길이 있으며 저들의 등이 보이는 한 나는 걸어야만 했네. 어떤 장면은 가진 언어의 전부를 혹은 스스로의 생을 담보로 잡히고 나서야 떠오르는 법이며, 그것이 내게는 이 장면이었네.

나는 그들의 등 뒤를 쫓아가고 있네.

비록 자네 회사에서 출간된 것은 아니네만 현재까지는 단 한 번 영화로 만들어진 나의 소설 말인데, 자네는 그 영화를 봤나? 안 보았어도 상관없고 봤던들 러닝타임 때문에 살짝 괴로웠을 테지. 어쩌면 이미 내용을 알고 있으니 영화는 스킵하기로 보았을 수도 있겠고, 적지 않은 이용자들의 리뷰가 "1.5배속으로 보았다"고 시작하던걸. 감독이 무슨 마음을 먹고 영혼을 불살랐는지 모르겠네만 3시간 3분이었으니까. 이미 그때 기준으로도 투자사에서 용케 그런 러닝타임을 허용했다며 말들이 오갔는데 더욱이 요즘 같아선 어떨지. 시사회에 참석하지 않은 최소 열 가지쯤 되는 이유 가운데 하나가, 상영 중간에 일어나서 자리를 뜨는 추태를 피하기 위해서였네. 나는 나이를 먹었고, 과민성 방광 증후군으로 인한 요실금이 그때도 지금도 여전하니 말일세. 대신 통신

사에 요금을 결제하고 내 집 모니터로 편안하게 보면서, 중간에 두 번쯤 용변을 보기 위해 일시 정지 버튼을 눌렀네. 영화의 흐름이 끊기고 광활한 스크린과 웅장한 사운드를 포기했다는 자각은 있네만, 아무리 좋은 거라도 몸의 형편에 맞추어가며 누려야 하지 않겠나.

그러나 언제부턴가 적지 않은 사람들이, 그런 몸의 형편과 무관하게 영화를 감상한다더군. 그걸 온전한 감상이라고 할 수 있는지는 잘 모르겠지만, 자신이 기대하지 않던 장면이 몇 분 이상으로 길어지거나 관심 없는 배우가 등장하는 부분에서는 스킵하기로 빠르게 감아버린다고 말이야.

돌이켜보면 나도 그랬던 적이 아주 없지는 않네. 예를 들어 40년 전에 본 영화의 세부가 거의 기억나지 않는데 그중 한마디 대사와 그것을 말하던 인물의 표정만 엊그제 본 것처럼 선명하고, 그게 어느 구간이었더라? 무슨 장면이었더라… 생각에 사로잡혀선 OTT 플랫폼에 접속하여 구간 건너뛰기로 원하는 장면을 찾아간 적이 있거든.

그런 경우가 아니라 처음부터 듬성듬성 영화를 보는 행위를 두고도, 사람들은 본다고 말하더군. 주요 장면을 광속으로 지나쳐버리더라도, 어쨌든 전체의 내용과 결말을 아는 데에 지장만 없으면 된다는 거였네. 내용은 곧 콘텐츠이며, 콘텐츠를 획득함은 모든 것을 확보함과 마찬가지의 의미로 통하고 있었네. 그것이 얼마나 흥미진진한 설정과 소재와 전개와 스토리로 다수의 사람을 사로잡았는지, 감독이 이 영화를 기획한 의도는 무엇이며 우리에게 무슨 메시지를 전달하고자 하는지, 또한 그 주제 의식은 얼마나 명확하며 오늘의 사회에 어떻게 경종을 울리는지, 그것들만 파악 가능하다면 충분하다는 거였네.

그런데 그건 정말로, 전체의 내용과 결말을 안다고 할 수 있는 걸까? 그러한 결말에 도달하기까지, 각 배우의 얼굴과 동작이 아니라 무심한 듯 포착된 사물과 공간의 상징과 디테일은, 감독이 어떤 의도로 클로즈업했는지 정답 같은 것은 없으나 음악과 음향과 촬영 각도와 빛과 더불어 총체적인 미장센에 속한다고 할 수 있는 장치들은, 그대로 간과되어도 무방한 것들일까? 서로를 응시하고 시선이 교차하는 장면이 3분도 3초도 아닌 30초로 편집된 이유가 있지 않을까 같은 궁금증을 갖고 고민하는 시간이, 오늘날의 우리에게 더는 의미 없는 건가?

결과가 어떻든 간에 사운드와 스펙터클이 있는 영화가 오늘날 그런 처지가 되어, 감독의 의도가 뭐가 됐든 그것이 뇌리에 바로 이해가 안 된다고 느끼는 순간 이 감독은 연출력과 전달력이 좀 떨어지는군, 하고 신속 판단하여 정지 버튼이나 뒤로 나가기 메뉴 처분이 되는 마당일진대, 별반 볼거리도 없이 흑백의 텍스트로만 이루어진 소설이야 말할 필요도 없지 않나.

반드시 그 때문은 아니지만, 그 뒤로 나의 다른 소설들이 영화나 드라마와 인연을 좀체 맺지 못한 것도 무리는 아닐 성싶네. 내가 쓰는 것은 단지 소설일 뿐이고, 그것은 오래전부터 도래한 세상이 말하는 힐링과 킬링이라는 요청에 응답하지 못했으며, 나는 언제나 과잉과 초월 그리고 주저함에서만 글쓰기의 의미를 발견하곤 했으니 말일세.

다리의 이쪽에서 저쪽으로, 시작에서 끝으로, 발단에서 결말로 건너가는 일, 그것은 빨리 감기 버튼으로써가 아니라, 두 발로 천천히 걷다가 가끔은 정지나 되돌리기 버튼으로써 가능한 일인지도 모르네. 몰입과 속도감을 저해하는 요철과 장벽을 밀어버리고 빠르게 넘어가는 사람들, 불요함과 비실용의 앞에서 스킵하기를 망설이지 않는 사람들이 새로운 인류로 등극한 지 오래인 세상이 언젠가 종말을 맞이하여 세계 전부가 다만 하나의 이야기로 수렴될 때까지, 혹은 나 자신이 영원한 기착지에서 맴돌다가 부적절한 자리에 마침표로 남을 때까지, 의미의 난간에 매달린 말들이 까마득한 아래에서 입을 벌린 무의미의 심연으로 낙하할 때까지, 나는 더듬거림과 숙고로써만 저 건너편에 닿으려고 하네. 찢긴 말들 혹은 부재의 색을 알아보고 그것에 이름을 붙이는 일을 거듭하면서.

그것이 바로 내가, 이 다리 한가운데서 어느 쪽으로도 망명할 수 없는 조난자가 된 이유일지도 모르겠네.

나는 악마인지 죽음인지 성분도 정체도 모를 그들 등 뒤를, 지금도 여전히 쫓아가고 있네, 이터널 브리지 위에서.

Special thanks to

초고를 쓰면서 임시로 『스킵하는 인간』이라는 제목을 달았는데, 그것을 제목 대신 제사로 바꾸기로 하고 Homo 다음에 뭐라고 넣을까 고민하면서 라틴어 사전에 밑줄을 긋다가 주위 선생님들의 도움을 받았다. 윤경희 선생님이 라틴어 뉘앙스의 섬세함에 대해 얘기해주었고, 최정우 선생님은 라틴어 동사의 기본형과 현재분사형의 차이를 자세히 설명해주었다. 이준석 선생님이 여러 가지 단어를 제안해주셔서 '겉핥기'와 '빠르게 스쳐 지나가기'를 가리키는 말들에 대한 의미 비교 분석을 할 수 있었다. 지금 시대에 통용되는 스킵의 의미를 직관적으로 담아내는 말로 김태권 선생님이 skipere라는 신조어를 개발해주셔서 homo skipens라는 학명을 쓰게 되었다. 이미 외국 어딘가에서는 쇼츠에 점령당하고 스킵하기가 일상화된 인류를 통칭하는 다른 말이 있을지도 모르겠지만, 아직 찾아내지 못했다.

갑자기 전화하여 당신 때는 중고등학교 문학 시간에 뭘 배웠느냐고 물었는데 30분 가까이 자세히 브리핑해 준 편집자 M에게. M은 매우 다감하고 정중한 사람인데, 혹여 선량한 동료들이 소설 속 필터링 없는 말들과 무도한 뉘앙스를 M의 것인 줄로 오인하면 안 되겠기에 실명을 밝히지 않는다.

기꺼이 먼저 읽어주고 귀한 글 얹어주신 강정 선배 덕분에, 자칫 무언가의 주위를 배회만 하다가 차갑고 허무한 개그에 그쳤을지도 모르는 소설이 좀 더 팽팽한 근육을 갖게 되었다. 소설 속의 끝나지 않는 다리를 어쩌면 건널 수도 있을 것만 같다는 착각을 해버릴 만큼 힘을 얻었다.

이것이 실존하는 누구의 경험이며 어디의 이야기인지를 알아내고자 하는 일만큼 무의미한 시도가 없다. 모든 일화는 실제의 인물, 사건, 단체, 회사와 무관하며 단지 소설일 뿐이다.

이것 역시 단지 허구일 따름입니다

강정

이를테면 내가 한 명의 독자, 그러니까 이 소설을 읽기 전부터 소설 속 S의 작품을 속속들이 읽은 열혈 독자라는 가정하에 몇 마디 하겠습니다. 물론, 이 역시 허구입니다. 요컨대 저도 스스로 허구가 되어보기로 작정한 것입니다. 문득, 소설이 허구의 산물인 만큼 그것을 읽는 독자 또한 허구일 수밖에 없다는 생각을 하게 되는군요. 소설을 쓰는 입장에서 아마 그럴지도 모릅니다. 작가에게 독자는 언제나 미지입니다. 어쩌면 영원히 알 수 없는, 존재하되, 실제로는 누구인지 알 수 없는 허구의 인물일 수 있습니다.

그렇다면 소설은 무엇일까요. 서로 알 수 없는 작가와 독자 사이에 놓인 '이터널 브리지' 같은 것일까요. 답은 미루겠습니다. 어쩌면 이 글의 끝에도 답은 존재하지 않을지도 모릅니다.

소설 속에서 S는 '이터널 브리지'에 들어서서 사라집니다. 과연 어디로, 왜 등의 질문이 당연히 떠오르게 되지만, 인과도 결론도 없습니다. 그저 자신의 일평생을 순서대로 새겨놓은 듯한 세 사람을 따라가다 사라질 뿐입니다. 그 세 사람이 정말 S의 삶을 대변하거나 상징한다고 확신할 수도 없습니다. 그저 S가 그렇게 느꼈을 뿐입니다. 그 세 사람은 천사도 악마도 아니지만, 보기에 따라 삶의 다른 지점으로 S를 이끌고 가는 동방박사일 수도 있습니다. 또는 하릴없는 공상 속에서나 진실 여부가 손톱만큼 정도 헤아려지는 이야기를 지어낸 죄를 벌하러 온 저승사자일 수도 있습니다. 그런데 그조차도 모두 S의 공상 속에서나 존재의 의미를 갖게 됩니다.

S는 사라지고자 사라진 것도 아니고, 죽으려고 한 것은 더더욱 아니며, 세계를 완전히 등지고자 자신이 올라선 다리 한쪽을 부러 끊어버린 게 아닙니다. S는 그저 오랫동안 소설을 써왔고, 지금도 쓰고 있는 상태였으며, 아마도 계속 쓰게 될 운명이었는지 모릅니다. 환멸과 권태, 오욕과 명예 등에 시달리면서도 결국 소설을 쓰는 자는 소설을 쓰지 않으면 실존적으로도, 사회적으로도

존재 의미를 잃게 됩니다. 계속 이야기를 지어내고, 그
것으로 일면식 없는 타인들의 공감과 반향을 일으켜야
하는 일을 평생 해야 한다는 건 스스로 끝없이 이 세계
에서 지워내야만 가능해지는, 악무한의 굴레일지도 모
릅니다. 그렇게 지워내기 위해 소설가는 계속 이야기를
지어냅니다.

　앞서 제가 S의 모든 작품을 다 읽은 독자―물론, 가
정이긴 하지만―라 밝혔거니와 S의 소설에선 선도 악
도 명확하지 않고, 때로는 등장인물이 정말 사람이 맞을
까 하는 생각을 하게 된 적이 많습니다. 작가의 의도보
다는 제가 그런 식으로 읽고 해석한 것일 공산이 크지
만, 어느 한 인물이나 사건에 초점을 맞춰 이야기를 따
라가는 게 그다지 자연스럽지 않다는 느낌도 받았습니
다. 그저 등장하면 할수록 누군가는 다른 인물로 변화
하고, 사건은 느닷없으며, 주제는 모호하고 몽롱합니다.
다 읽고 나면 세계는 그대로이되, 나 자신이 다른 사람
이 된 것 같은 느낌이 선득합니다. 마치 내가 어제 태어
나서 오늘 죽는 사람처럼 여겨지게 되는데, 그 알쏭한
일탈감 때문에 S의 소설을 계속 읽게 된 것인지도 모른
다는 생각을 하게 됩니다. 물론 S는 아직 완전한 제목이

정해지지 않은 소설 한 편을 출간하려다가 사라진, 소설 속 인물에 불과합니다. 그런 작가의 소설을 모두 읽었다고 얘기하는 저는 그러므로, 소설보다 더 개연성 없는 그저 허깨비일 뿐이지요.

사실, 소설이나 이야기는 결국 인간이 가공해내는 허깨비 놀음에 지나지 않습니다. 오래전부터 그래 왔고 지금도 그러합니다. 요즘은 소설보다 더 생동감 있고 입체적인 허깨비투성이인 세상이지요. 그래서 소설을 읽을 필요도, 어떤 가상의 멋진 이야기를 새삼 지어낼 명분도 희박해졌다 해도 과언은 아닐 겁니다. 그런데 이런 현상은 단지 미디어나 기계의 발달 탓만은 아닙니다. 인간은 기본적으로 이야기에 현혹되는 존재입니다. 저는 인간의 뇌에 이야기에 반응하는, 실제 사건을 허구로 치환하여야만 도파민과 트립토판 등이 활성화되는 장치가 심어져 있을지도 모른다는 생각을 자주 합니다.

자신은 이야기 속에서 쏙 빼내어 관찰자나 관람자가 되고, 그 허구의 틀 안에 존재하는 다수의 존재를 구경하거나 판단하거나 매도하는 일로 도덕적으로 자위하거나 정치적인 정당성을 스스로 확신하는 일. 그리하여 결국 실제로 일어나는 일들의 액면의 절반 이상을 깎아

낸 채 자신의 단견 안에 세계의 모든 일을 욱여넣는 일.
그 결과는 때로 엄청난 폭력을 불러올 수도 있고, 무고
한 누군가를 천하의 악당으로 가공하여 타인들의 미로
속에 가둬버리게 될 수 있습니다. 티브이나 소셜미디어
등이 요즘 자주 하는 일이 그런 것 아니겠습니까. 그러
면서 돈과 명예를 착복하거나 결국엔 헛소동에 분명해
질 시대적 어젠다를 선취하여 세상 자체를 엉터리 허구
로 만들어버리는 일도 허다하지요. 결국, 세계 자체가
집단으로 꾸며내는 소설이 되는 걸까요. 정말 그렇다면
그저 저 자신이 소설을 써버리고 말겠다는 생각도 자주
하게 되네요.

　　S는 이렇게 말하기도 합니다.

　　그러니 이즈음의 내 소설이라는 것들은 모두 합성어와 파
　　생어의 난무 혹은 윤무로 이루어진 기나긴 반문이며 답 없
　　는 메아리의 나열이자, 종결부호를 찍지 못하고 무한히 덧
　　붙이는 유언장 같은 것일세. (26쪽)

　　이것은, 소설을 쓰는 자의 허심탄회하고 허망한 고
백 이상의 의미를 지니고 있습니다. 이즈음 세상에 난무

하는 언어라는 것들이 "모두 합성어와 파생어의 난무"
이자 "종결 부호를 찍지 못"하는 단말마의 소동, 그 그
림자의 "윤무"처럼 보이고 들리기 때문입니다. 어떤 이
야기가 그 자체로 완결된다는 건 그것을 만들어낸 사람
(들)의 협잡의 결과라는 생각마저 하게 되는데, 이야기
를 지어내는 자보다 그것을 보거나 듣는 사람들이 원하
는 결과를 위해 모든 '이야기꾼'이 대중의 사열에 목을
조아려야만 하는 사정이 흡사 마녀사냥의 한 양상과도
비슷하게 여겨지는 까닭이기도 합니다. 악마를 그려내
면 그걸 쓴 자도 악마이고, 난봉꾼이나 사기꾼을 묘사하
면 작가 자신이 난봉꾼에 사기꾼이라 간주하게 되는 이
사실 전도順倒는 꽤 오랜 역사를 지니고 있습니다. 하지
만 그 '전도'를 분명한 사실인 양 못 박아버리는 건 이제
관습화된 것 같습니다. 허구에서마저 모두가 착하고 올
발라야만 하니 허구의 주인공들도 숨통 꽤나 막힐 듯싶
습니다.

　　S는 소설 속 인물이지만, 모든 뛰어난 소설 속 인물이
그러하듯, 그 자신을 통해 세계의 어느 모순과 병리적
상태를 환기하는 인물입니다. 그런데 약간 이상한 느낌
이 듭니다. 이 소설을 쓴 작가도 여성이고, 아마도 작가

자신이 투영됐음에 분명할 S가 도리어 분명 남자라고 우기게 되는 겁니다. 제가 남자여서 그럴 거라고요? 아무리 사회적 젠더 분별이 저를 명백한 남자라 규정짓는다 하더라도, 소설 속 인물의 성별을 제 입장으로 뒤바꿔 오도할 정도로 제가 멍청하진 않습니다. 그렇다면 왜 저는 S를 남자라고 여기게 된 걸까요? 편집자에게 구술하듯 쓰인 단락들의 점잖고, 약간은 노쇠하고 신중한 어조 탓이라고 일단 생각해봅니다. 만약 정말 그래서라면 작가는 왜 굳이 이런 어조를 선택해서 S의 말을 전달하게 된 건지도 따져봐야 할 겁니다. 남자의 말투, 여자의 말투에 대한 오랜 편견이 작용한 거라고 한다면 인정 못 할 것도 없습니다. 그럼에도 그것은 저의 입장일 뿐, 작가의 진짜 의도와는 다를 거라 봅니다. 그렇다면 과연 왜 그럴까요.

소설, 그리고 이야기는 어떤 사소한 말과 사건에서 시작합니다. 아무리 거대한 이야기라 하더라도 디테일이 살아 있지 않으면 그 작품은 실패한 작품이 됩니다. 소설 속에도 나오듯 '악마는 디테일에 있'고 그 '악마'는 결국 세상의 모든 이야기가 진정 드러내고자 하는 인간 영혼의 결락 부위를 채우는 방식으로 전모를 드러

내게 됩니다. S가 남자인 건 그래서 제겐 중요한 문제가 됩니다. S의 모든 작품을 다 읽은 저는, (어쩌면 누군가는 눈치챘을지도 모르지만?) 그저 책 읽기를 좋아하는 한 명의 독신녀이기 때문입니다. 현실에서 사람을 만나는 것보다 SNS나 영화, 드라마, 그리고 음악 등을 통해 상상하게 되는 인물을 늘 그렸다 지우며 삶의 공란을 더 크게 비워내려 애쓰는 한 명의 여자. 보디라인은 32−26−34입니다. 키와 몸무게는 비밀이고, 개인적인 메시지는 사절입니다. 제가 받고 싶어도 받을 수 없는 상황이기 때문입니다. 저는 어디에도 존재하지 않는, 그러나 어디에나 존재할 수 있게 되는 그저 그런 한 명의 여자. 그럼에도 어떤 남자들은 꿈에나 그리며 홀로 마음 앓이 하게 되는 그런 허구의 미녀(?)니까요. S님, 다음 소설도 기대할게요.

| 구병모 작가가
| 펴낸 책들

- 소설집

『고의는 아니지만』, 자음과모음, 2011. [개정판: 민음사, 2021]

『그것이 나만은 아니기를』, 문학과지성사, 2015.

『빨간구두당』, 창비, 2015.

『단 하나의 문장』, 문학동네, 2018.

『로렘 입숨의 책』, 안온북스, 2023.

『있을 법한 모든 것』, 문학동네, 2023.

- 중편소설

『심장에 수놓은 이야기』, 아르테, 2020.

『바늘과 가죽의 시』, 현대문학, 2021.

- 장편소설

『위저드 베이커리』, 창비, 2009. [개정판: 창비, 2022]

『아가미』, 자음과모음, 2011. [개정판: 위즈덤하우스, 2018]

『방주로 오세요』, 문학과지성사, 2012.

『피그말리온 아이들』, 창비, 2012.

『파과』, 자음과모음, 2013. [개정판: 위즈덤하우스, 2018]

『한 스푼의 시간』, 위즈덤하우스, 2016.

『네 이웃의 식탁』, 민음사, 2018.

『버드 스트라이크』, 창비, 2019.

『상아의 문으로』, 문학과지성사, 2021.

- 단편 도서

『파쇄』, 위즈덤하우스, 2023.

『이야기 따위 없어져 버려라』, 창비, 2023.

단지 소설일 뿐이네
구병모 중편소설

초판 1쇄 발행   2024년 1월 20일
초판 3쇄 발행   2024년 3월 4일

발행인   이인성
발행처   사단법인 문학실험실
등록일   2015년 5월 14일
등록번호   제300-2015-85호

주소   서울시 종로구 혜화로 47 한려빌딩 302호
전화   02-765-9682
팩스   02-766-9682
전자우편   munhak@silhum.or.kr
홈페이지   www.silhum.or.kr

디자인   김은희
인쇄   아르텍

ⓒ구병모
ISBN 979-11-984817-1-9 (03810)
값 10,000원